国語力UPシリーズ❶

小学生からの漢詩教室

三羽邦美

はじめに

ことばを豊《ゆた》かにしてくれる美《うつく》しい漢詩《かんし》の世界《せかい》

この『漢詩教室《かんしきょうしつ》』は、小学生《しょうがくせい》の皆《みな》さんに、中国《ちゅうごく》の古典《こてん》である漢詩《かんし》を勉強《べんきょう》してもらいたいと思《おも》って作《つく》りました。第一集《だいいっしゅう》として、読《よ》みやすい、「絶句《ぜっく》」と呼《よ》ばれる短《みじか》い漢詩《かんし》を十首《じっしゅ》、紹介《しょうかい》しましょう。どの詩《し》も、たいへんよく知《し》られた有名《ゆうめい》なものばかりです。

奈良時代《ならじだい》のころから、日本人《にほんじん》は漢詩《かんし》に親《した》しんできました。快《こころよ》いひびきの中《なか》に、漢詩《かんし》には、美《うつく》しい風景《ふうけい》、友情《ゆうじょう》、家族《かぞく》への思《おも》い、社会《しゃかい》を見《み》つめる目《め》、戦争《せんそう》、人生《じんせい》の悲《かな》しみや喜《よろこ》びなど、さまざまな世界《せかい》が広《ひろ》がっています。

孟浩然《もうこうねん》の「春眠暁《しゅんみんあかつき》を覚《おぼ》えず」や、杜甫《とほ》の「国破《くにやぶ》れて山河《さんが》在《あ》り」や、蘇軾《そしょく》の「春宵一刻値千金《しゅんしょういっこくあたいせんきん》」などのように、いくつもの有名《ゆうめい》な句《く》があって、それらは、もう日本語《にほんご》の中《なか》にとけこんでしまっています。

このような快《こころよ》いことばや美《うつく》しいことばに、子供《こども》のころからたくさん触《ふ》れることは、とても大切《たいせつ》なことなのです。それらは、きっと皆《みな》さんが大人《おとな》になったときに、思《おも》いがけず心《こころ》に浮《う》かんできて、文章《ぶんしょう》を書《か》いたり、人《ひと》と話《はな》したりするときに、皆《みな》さんのことばの世界《せかい》を豊《ゆた》かにし、人生《じんせい》をうるおしてくれることでしょう。

たとえば、この本《ほん》の**6**「春《はる》の夜《よる》」の中《なか》に、こんな一句《いっく》があります。

花《はな》に清《せい》香《こう》有《あ》り　月《つき》に陰《かげ》有《あ》り

もとの漢詩《かんし》では、「花有清香月有陰」なのですが、たった七文字《ななもじ》で、花《はな》の香《かおり》が清々《すがすが》しく甘《あま》くただよう春《はる》のおぼろ月夜《づきよ》のあたたかな空気《くうき》や、桃《もも》の花《はな》にいろどられた庭《にわ》のようすが、よく伝《つた》わってきます。この、相手《あいて》に「よく伝《つた》わる」ということは、これからみなさんが国語《こくご》を勉《べん》強《きょう》して、文章《ぶんしょう》を書《か》いたり話《はな》したりするときに、とても大切《たいせつ》なのです。

この句《く》に触《ふ》れた昔《むかし》の日本人《にほんじん》は、むだのない美《うつく》しい文《ぶん》に感嘆《かんたん》し、その表現《ひょうげん》を覚《おぼ》え、自分《じぶん》が文《ぶん》章《しょう》を書《か》いたり話《はな》したりするときの参考《さんこう》にしたのではないでしょうか。

私《わたし》たちが、ものを考《かんが》えたり、文章《ぶんしょう》を書《か》いたり、人《ひと》と話《はな》したりするときは、自分《じぶん》の頭《あたま》の中《なか》にためてあることばを使《つか》います。知《し》らないことばを使《つか》うことはできません。ですから、よいことばをたくさん覚《おぼ》えておくことはとても大切《たいせつ》です。

この本《ほん》の中《なか》の十首《じっしゅ》のうち、気《き》に入《い》った一句《いっく》でも覚《おぼ》えたら、それはみなさんのかけがえのない宝物《たからもの》になるでしょう。

ぜひ声《こえ》に出《だ》して読《よ》み、なぞって書《か》いてみてください。

●漢文《かんぶん》の読《よ》み方《かた》と漢詩《かんし》のきまりごと●

日本人《にほんじん》はどのように漢字《かんじ》・漢文《かんぶん》を学《まな》んだのでしょうか？

今《いま》から約《やく》一六〇〇年《ねん》くらい昔《むかし》に、朝鮮半島《ちょうせんはんとう》にあった百済《くだら》という国《くに》から、王仁《わに》という学者《がくしゃ》がやって来《き》て、日本《にほん》に初《はじ》めて中国《ちゅうごく》の書物《しょもつ》を伝《つた》えました。日本《にほん》には文字《もじ》がありませんでしたから、中国《ちゅうごく》から伝《つた》わってきた漢字《かんじ》が、日本人《にほんじん》が初《はじ》めて見《み》た文字《もじ》でした。

漢字《かんじ》や、昔《むかし》の中国《ちゅうごく》の書《か》きことばである漢文《かんぶん》は、そもそも日本人《にほんじん》にとっては外国語《がいこくご》ですから、昔《むかし》の日本人《にほんじん》も、いま私《わたし》たちが、

「dog」は「ドッグ」で「いぬ」のこと、

というふうに英語《えいご》の単語《たんご》を覚《おぼ》えるのと同《おな》じように、

「山」は「サン」で「やま」のこと、

というように、一《ひと》つ一《ひと》つ字《じ》を覚《おぼ》えていったのでしょう。

「サン」のような読《よ》み方《かた》を「音読《おんよ》み」と言《い》います。これは、昔《むかし》の中国語《ちゅうごくご》の発音《はつおん》をまねた音《おん》です。やがて漢字《かんじ》になれてくると、日本人《にほんじん》は、「山《サン》」を初《はじ》めから「やま」と日本語《にほんご》で読《よ》んでしまうようになりました。これが「訓読《くんよ》み」ですが、これは「dog」を「いぬ」と読《よ》むようなやり方《かた》で、外国語《がいこくご》を直《じか》に自分《じぶん》の国《くに》のことばで読《よ》むという驚《おどろ》くべき方法《ほうほう》なのです。

返《かえ》り点《てん》と送《おく》りがなの発明《はつめい》

漢文《かんぶん》は、日本語《にほんご》とは文《ぶん》の作《つく》られ方《かた》が違《ちが》います。

たとえば、日本語《にほんご》で「私《わたし》は山《やま》に登《のぼ》る」（昔《むかし》なら「我山《われやま》に登《のぼ》る」）は、漢文《かんぶん》では「我登山」です。ですから、これを「我山《われやま》に登《のぼ》る」と読《よ》むには、「我」を読《よ》んだあと、下《した》にある「山」を先《さき》に読《よ》んでから、上《うえ》にある「登」にひっくり返《かえ》って読《よ》まなければなりません。

そこで、返《かえ》って読《よ》みなさいという印《しるし》を考《かんが》えました。これを「返《かえ》り点《てん》」と言《い》います。

我登レ山。

「返《かえ》り点《てん》」とは別《べつ》にこの本《ほん》では、わかりやすいように読《よ》む順番《じゅんばん》を●→で表《あらわ》します。

さらに「山」は「山《やま》に」と読《よ》み、「登」は「登《のぼ》る」と読《よ》むということも示《しめ》すために、漢字《かんじ》の右下《みぎした》に小《ちい》さく「送《おく》りがな」をつけることも考《かんが》えました。

我登レル山ニ。

こうすればもう「我山《われやま》に登《のぼ》る」と読《よ》めますね。この、「我山《われやま》に登《のぼ》る」のように日本語《にほんご》の文《ぶん》にした形《かたち》を「書《か》き下《くだ》し文《ぶん》」と言《い》います。

一字《いちじ》上《うえ》に返《かえ》る「レ点《れてん》」

この本《ほん》の中《なか》の漢詩《かんし》には、「レ点《れてん》」と「一二点《いちにてん》」という、二種類《にしゅるい》の返《かえ》り点《てん》が出《で》てきます。
「レ点《れてん》」は、一字上《いちじうえ》へ返《かえ》る印《しるし》です。左下《ひだりした》にレ点《れてん》がついていたら、その字《じ》はとばして、一《ひと》つ下《した》の字《じ》を先《さき》に読《よ》んでから、レ点《れてん》に従《したが》って一《ひと》つ上《うえ》の字《じ》へ返《かえ》ります。

登ル レ 山ニ。

2 レ 1

山《やま》に登《のぼ》る。

レ点《れてん》が二《ふた》つ連続《れんぞく》することもありますが、とにかく一字上《いちじうえ》へ一字上《いちじうえ》へと返《かえ》ります。

不 レ 登ラ レ 山ニ。

3 レ 2 レ 1

山《やま》に登《のぼ》らず。

次《つぎ》のような場合《ばあい》は、右《みぎ》の例《れい》のように連続《れんぞく》しているわけではありませんから、レ点《れてん》をはさんでいる二字《にじ》を、それぞれ下《した》の字《じ》を先《さき》に読《よ》み、一字上《いちじうえ》へ返《かえ》ればいいのです。

登リ レ 山ニ 渡ル レ 川ヲ。

2 レ 1 4 レ 3

山《やま》に登《のぼ》り川《かわ》を渡《わた》る。

二字《にじ》以上《いじょう》、上《うえ》へ返《かえ》る「一二点《いちにてん》」

「一二点《いちにてん》」は、二字以上上《にじいじょううえ》の字《じ》へ返《かえ》ります。左下《ひだりした》に「二《に》」がついている字《じ》があったら、その字《じ》はとばして、残《のこ》りの字《じ》を、左下《ひだりした》に「一《いち》」がついている字《じ》まで読《よ》み終《お》わってから、左下《ひだりした》に「二《に》」のついている字《じ》に返《かえ》ります。「二《に》」からさらに二字以上《にじいじょう》、左下《ひだりした》に「三《さん》」のついている字《じ》に返《かえ》ることもあります。

登ル二富士山一。

富士山《ふじさん》に登《のぼ》る。

返《かえ》り点《てん》には、さらに、一二点《いちにてん》をはさんでもっと上《うえ》の字《じ》へ返《かえ》る「上下点《じょうげてん》」などもありますが、この本《ほん》の中《なか》には出《で》てきません。いちおう形《かたち》を示《しめ》しておきましょう。

有リ下登ル二富士山一者上。

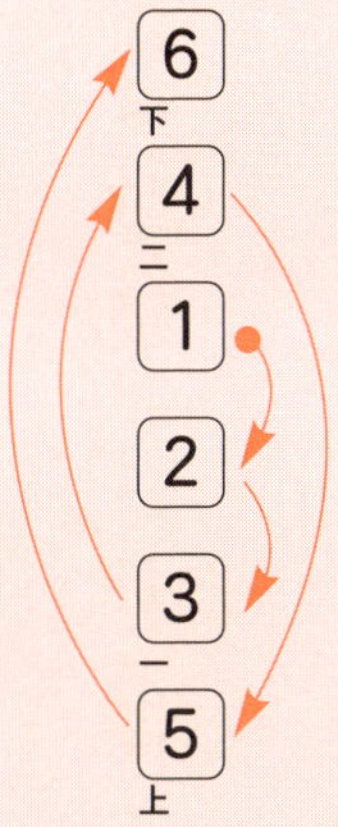

富士山《ふじさん》に登《のぼ》る者《もの》有《あ》り。

いつかそんな例《れい》が出《で》てくるようになったら、また勉強《べんきょう》しましょう。

絶句《ぜっく》は「起《き》・承《しょう》・転《てん》・結《けつ》」の組《く》み立《た》てになっています

さて、この本《ほん》では「絶句《ぜっく》」とよばれる漢詩《かんし》をとりあげていますが、「絶句《ぜっく》」とは、全体《ぜんたい》が四句《よんく》でできている詩《し》を言《い》います。

この本《ほん》の中《なか》の、1の「胡隠君《こいんくん》を尋《たず》ねて」から、5の「川《かわ》の雪《ゆき》」までの五《いつ》つは、一句《いっく》が五《ご》文《も》字《じ》で、全体《ぜんたい》が四句《よんく》でできています。こういう詩《し》の形《かたち》を「五言絶句《ごごんぜっく》」と言《い》います。

また、6の「春《はる》の夜《よる》」から、10の「涼州《りょうしゅう》のうた」までの五《いつ》つは、一句《いっく》が七文字《ななもじ》で、全体《ぜんたい》が四句《よんく》でできていて、この形《かたち》は「七言絶句《しちごんぜっく》」と言《い》います。

絶句《ぜっく》の四句《よんく》は、「起《き》・承《しょう》・転《てん》・結《けつ》」とよばれる作《つく》られ方《かた》になっています。

〇〇〇〇〇……起句《きく》…まず、歌《うた》い起《お》こしの句《く》です
〇〇〇〇〇……承句《しょうく》…起句《きく》の内容《ないよう》を承《う》けて、世界《せかい》を広《ひろ》げる句《く》です
〇〇〇〇〇……転句《てんく》…前半《ぜんはん》と一転《いってん》したように見《み》せる句《く》です
〇〇〇〇〇……結句《けっく》…全体《ぜんたい》のまとめになる結《むす》びの句《く》です

詩《し》を読《よ》むときに、「起《き》・承《しょう》・転《てん》・結《けつ》」が感《かん》じられるかどうか、気《き》をつけてみましょう。

漢詩《かんし》には、八句《はっく》でできている「律詩《りっし》」という形《かたち》もあります。

ことばの切《き》れめに気《き》をつけて声《こえ》に出《だ》して読《よ》んでみましょう

絶句《ぜっく》にしても、律詩《りっし》にしても、漢詩《かんし》は一句《いっく》が五字《ごじ》（五言《ごごん》）か七字《しちじ》（七言《しちごん》）でできています。一句《いっく》の中《なか》の語《ご》の区切《くぎ》れ方《かた》は、だいたい次《つぎ》のようになっていますから、声《こえ》に出《だ》して読《よ》むときに少《すこ》し意識《いしき》しながら読《よ》んでみてください。

五《ご》言《ごん》の句《く》

○○・○ ○○　渡水・復 渡水（水《みず》を渡《わた》り・復《ま》た 水《みず》を渡《わた》り）

○○・○○ ○　春風・江上 路（春風《しゅんぷう》・江上《こうじょう》の 路《みち》）

七《しち》言《ごん》の句《く》

○○・○○・○ ○○　春宵・一刻・値 千金（春宵《しゅんしょう》・一刻《いっこく》・値《あたい》 千金《せんきん》）

○○・○○・○○ ○　千里・江陵・一日 還（千里《せんり》の・江陵《こうりょう》・一日《いちじつ》にして 還《かえ》る）

基本的《きほんてき》には、五言《ごごん》の詩《し》の区切《くぎ》れ方《かた》は「2・3」、七言《しちごん》の詩《し》は「2・2・3」なのですが、「3」の部分《ぶぶん》はさらに「1・2」か「2・1」のような小《ちい》さな切《き》れめがあります。

音《おと》のひびきを大切《たいせつ》にする「押韻《おういん》」のきまり

また、漢詩《かんし》は、声《こえ》に出《だ》して歌《うた》う場合《ばあい》の音《おと》のひびきをとても大切《たいせつ》にします。そのために、どこの位置《いち》にどんなアクセントの字《じ》を置《お》かなければいけないという、たいへん面倒《めんどう》な「平仄《ひょうそく》」というきまりや、偶数《ぐうすう》の句《く》の最後《さいご》の字《じ》は、たとえばこの本《ほん》の1の「胡隠君《こいんくん》を尋《たず》ねて」では「花《か》(ka)」と「家《か》(ka)」のように、ひびきの同《おな》じ字《じ》を置《お》く「押韻《おういん》」というきまりなどがあります。「押韻《おういん》」は「韻《いん》をふむ」という言《い》い方《かた》をすることもあります。

渡レ水復渡レ水　sui
看レ花還看レ花　ka
春風江上路　ro
不レ覚到二君家一　ka

五言《ごごん》の詩《し》では第二句《だいにく》と第四句《だいよんく》、つまり偶数句《ぐうすうく》の最後《さいご》の字《じ》だけですが、七言《しちごん》の詩《し》では偶数句《ぐうすうく》プラス第一句《だいいっく》の最後《さいご》の字《じ》も押韻《おういん》することになっています。いずれにしても、中国語《ちゅうごくご》で読《よ》む場合《ばあい》のことで、私《わたし》たちが日本語《にほんご》で読《よ》む場合《ばあい》には関係《かんけい》ありませんが、読《よ》んでみるときに、音《おと》のひびきを調《しら》べてみるとよいでしょう。

＊この本《ほん》の使《つか》い方《かた》

1 声《こえ》に出《だ》して読《よ》んでみましょう。

何度《なんど》も読《よ》んでみましょう。意味《いみ》はわからなくても、声《こえ》に出《だ》して読《よ》むことで、一《ひと》つ一《ひと》つの言葉《ことば》がみなさんの中《なか》に残《のこ》っていきます。

2 いまのことばに直《なお》したものを見《み》てみましょう。

その詩《し》がどういうことを言《い》っているのかを知《し》り、深《ふか》く味《あじ》わってください。

3 もとの漢詩《かんし》を読《よ》んでみましょう。

矢印《やじるし》にそって読《よ》んでみましょう。日本語《にほんご》とは違《ちが》う並《なら》び方《かた》をした、もともとの漢詩《かんし》が、自分《じぶん》で読《よ》めます。

4 書《か》き順《じゅん》を練習《れんしゅう》しましょう。

この本《ほん》に出《で》てくる漢詩《かんし》の中《なか》の、小学校高学年《しょうがっこうこうがくねん》以上《いじょう》で習《なら》う漢字《かんじ》の書《か》き順《じゅん》です。中《なか》には小学校《しょうがっこう》では習《なら》わないような難《むずか》しい漢字《かんじ》も出《で》てきますが、練習《れんしゅう》だと思《おも》って書《か》いてみましょう。

5 なぞって書《か》いてみましょう。

書《か》くことで詩《し》の意味《いみ》がよく伝《つた》わってきます。

6 ことばの説明《せつめい》を見《み》てみましょう。

難《むずか》しいことばを使《つか》った詩《し》もありますが、意味《いみ》がわかれば、内容《ないよう》を理解《りかい》できるようになります。

7 もとの漢詩《かんし》を読《よ》む順《じゅん》になぞって書《か》いてみましょう。

いよいよ漢詩《かんし》そのものをなぞって書《か》いてみます。この中《なか》の一句《いっく》でも覚《おぼ》えて書《か》けるようになったらいいですね。

8 詩《し》の作者《さくしゃ》や、作者《さくしゃ》が生《い》きた時代《じだい》のことを見《み》てみましょう。

のある部分《ぶぶん》は、少《すこ》し難《むずか》しい説明《せつめい》です。おとなの人《ひと》と一緒《いっしょ》に読《よ》んでみましょう。

小学生からの漢詩教室

もくじ

1 胡《こ》隠《いん》君《くん》を尋《たず》ねて

2 春《はる》の朝《あさ》

3 絶《ぜっ》句《く》

4 柴《しば》の柵《さく》

1

胡《こ》隠《いん》君《くん》を尋《たず》ねて

作者《さくしゃ》：高《こう》啓《けい》

1 次《つぎ》の漢詩《かんし》を、声《こえ》に出《だ》して読《よ》んでみましょう。

胡《こ》隠《いん》君《くん》を尋《たず》ぬ　高《こう》啓《けい》

水《みず》を渡《わた》り　復《ま》た水《みず》を渡《わた》り
花《はな》を看《み》　還《ま》た花《はな》を看《み》る
春風《しゅんぷう》　江上《こうじょう》の路《みち》
覚《おぼ》えず　君《きみ》が家《いえ》に到《いた》る

原文《げんぶん》

もとはこうなっています。

尋胡隠君
渡水復渡水
看花還看花
春風江上路
不覚到君家

2 右《みぎ》の詩《し》をわかりやすく直《なお》すと次《つぎ》のようになります。

胡隠君《こいんくん》を尋《たず》ねて

川《かわ》を渡《わた》り、また川《かわ》を渡《わた》り、
花《はな》を見《み》、また花《はな》を見《み》て、
春風《はるかぜ》のそよぐ川《かわ》ぞいの道《みち》を
いつのまにか、
君《きみ》の家《いえ》に来《き》てしまった。

3 上《うえ》の漢詩《かんし》は、赤丸《あかまる》のついた字《じ》からスタートして、送《おく》りがなや返《かえ》り点《てん》をたよりに矢印《やじるし》のとおりに読《よ》んでいくと、下《した》のように読《よ》むことができます。
上《うえ》の漢詩《かんし》を矢印《やじるし》をたどりながら読《よ》んでみましょう。

尋《たず》ヌ二胡隠君ヲ一

渡リレ水ヲ復《ま》タ渡リレ水ヲ

看《み》レ花ヲ還《ま》タ看ルレ花ヲ

春風江上ノ路

不《ず》レ覚エ到《いた》ル二君ガ家ニ一

胡隠君《こいんくん》を尋《たず》ぬ

水《みず》を渡《わた》り　復《ま》た水《みず》を渡《わた》り

花《はな》を看《み》　還《ま》た花《はな》を看《み》る

春風《しゅんぷう》　江上《こうじょう》の路《みち》

覚《おぼ》えず　君《きみ》が家《いえ》に到《いた》る

4 この詩《し》に出《で》てくる主《おも》な漢字《かんじ》を、書《か》き順《じゅん》どおりに書《か》いてみましょう。

隠 イン かく(す)
隠隠隠

尋 ジン たず(ねる)
尋尋尋

復 フク ま(た)
復復復

看 カン み(る)
看看看

還 カン ま(た)
還還還

覚 カク おぼ(える)
覚覚覚

到 トウ いた(る)
到到到

5 なぞって書《か》いてみましょう。

胡《こ》隠《いん》君《くん》を尋《たず》ぬ

水《みず》を渡《わた》り　復《ま》た水《みず》を渡《わた》り

花《はな》を看《み》　還《ま》た花《はな》を看《み》る

春《しゅん》風《ぷう》　江《こう》上《じょう》の路《みち》

覚《おぼ》えず　君《きみ》が家《いえ》に到《いた》る

6 ことばの説明《せつめい》

胡隠君《こいんくん》

「胡《こ》」は姓《せい》・名《めい》の姓《せい》ですが、「隠君《いんくん》」が名《めい》ではありません。「胡隠君《こいんくん》」は隠者《いんじゃ》である胡君《こくん》という意味《いみ》です。世間《せけん》とつきあわないようにして、ひっそり暮《く》らしている人《ひと》を隠者《いんじゃ》と言《い》います。

水《みず》

中国《ちゅうごく》では川《かわ》のことを、たとえば「洛水《らくすい》」とか「渭水《いすい》」というように「水《すい》」で表《あらわ》します。ここでは村《むら》や町《まち》をめぐっている水路《すいろ》のような川《かわ》でしょうか。

復《また》・還《また》

「往復《おうふく》」とか「帰還《きかん》」とか、熟語《じゅくご》を考《かんが》えてみるとわかりやすいと思《おも》いますが、「復《ふく》」も「還《かん》」も「もう一度《いちど》」とか「再《ふた》び」という意味《いみ》があります。ここでは、同《おな》じ動作《どうさ》をくりかえしていることを表《あらわ》しています。

花《はな》

日本《にほん》では春《はる》の花《はな》といえば桜《さくら》ですが、漢文《かんぶん》の世界《せかい》では桃《もも》か李《すもも》のことが多《おお》いようです。

江上《こうじょう》

「水《すい》」が川《かわ》のことだと言《い》いましたが、大《おお》きな川《かわ》のことを、中国《ちゅうごく》の北《きた》のほうでは黄河《こうが》に代表《だいひょう》されるように「河《か》」と言《い》います。そして南《みなみ》のほうでは長江《ちょうこう》（揚子江《ようすこう》）に代表《だいひょう》されるように「江《こう》」と言《い》います。「江上《こうじょう》」は川《かわ》のほとりという意味《いみ》です。

不《おぼ》レ覚《えず》

何《なに》も考《かんが》えないで歩《ある》いているうちに思《おも》いがけなく、という感《かん》じを言《い》っています。

君家《きみがいえ》

「君《きみ》が家《いえ》」の「が」は「の」の意味《いみ》です。この「が」は「我《わ》が家《や》」（＝私《わたし》の家《いえ》）のように、いまの言葉《ことば》づかいにもかすかに残《のこ》っている使《つか》い方《かた》です。

7 今度《こんど》は上《うえ》の文《ぶん》を見《み》ながら、もとの漢詩《かんし》を、読《よ》む順《じゅん》になぞって書《か》いてみましょう。

胡隠君《こいんくん》を尋《たず》ぬ

水《みず》を渡《わた》り　復《ま》た水《みず》を渡《わた》り
花《はな》を看《み》　還《ま》た花《はな》を看《み》る
春風《しゅんぷう》　江上《こうじょう》の路《みち》
覚《おぼ》えず　君《きみ》が家《いえ》に到《いた》る

尋ヌニ胡隠君ヲ一
渡リレ水ヲ復タ渡リレ水ヲ
看レ花ヲ還タ看ルレ花ヲ
春風江上ノ路
不レ覚エ到ルニ君ガ家ニ一

8 『胡隠君《こいんくん》を尋《たず》ぬ』は、どんな詩《し》なのでしょうか。

一度《いちど》読《よ》んだだけで忘《わす》れられなくなるような美《うつく》しい春《はる》の詩《し》です。この詩《し》を書《か》いた高啓《こうけい》は、中国《ちゅうごく》の明《みん》の時代《じだい》(十四世紀《じゅうよんせいき》ごろ)の詩人《しじん》です。高啓《こうけい》の故郷《こきょう》は、江南地方《こうなんちほう》と呼《よ》ばれ、長江《ちょうこう》という大《おお》きな川《かわ》の下流《かりゅう》にそってひろがる水《みず》の豊《ゆた》かな美《うつく》しいところでした。詩《し》の中《なか》の「水《すい》」も「江《こう》」も、川《かわ》のことです。

春風《はるかぜ》がやさしくそよぐ川《かわ》ぞいの道《みち》を、一面《いちめん》に咲《さ》く桃《もも》の花《はな》に目《め》をうばわれながら、川《かわ》を渡《わた》りまた渡《わた》りしているうちに、いつのまにか胡君《こくん》の家《いえ》に足《あし》が向《む》いていた。胡君《こくん》は作者《さくしゃ》の親友《しんゆう》なのでしょう。漢詩《かんし》の世界《せかい》には、隠者《いんじゃ》を尋《たず》ねたけれど会《あ》えなかったというテーマがよくあるのですが、胡君《こくん》は家《いえ》にいたのでしょうか。

高啓《こうけい》の詩《し》は古《ふる》くから日本《にほん》でも親《した》しまれ、夏目漱石《なつめそうせき》はこの詩《し》を下敷《したじ》きにして、「渡《わた》り尽《つ》くす東西《とうざい》の水《みず》、三《み》たび過《す》ぐ翠柳《すいりゅう》の橋《はし》、春風吹《しゅんぷうふ》きて断《た》たず、春恨幾条条《しゅんこんいくじょうじょう》」という詩《し》を作《つく》っ

ています。「翠柳《すいりゅう》」は緑《みどり》の芽《め》をふいた柳《やなぎ》。詩《し》の中《なか》の、春風《しゅんぷう》でも断《た》ち切《き》れない漱石《そうせき》の春《はる》の思《おも》いが何《なに》かはわかりませんが、もとの高啓《こうけい》の詩《し》よりもテーマが重《おも》いですね。

2 春《はる》の朝《あさ》

作者《さくしゃ》：孟《もう》浩《こう》然《ねん》

1 次《つぎ》の漢詩《かんし》を、声《こえ》に出《だ》して読《よ》んでみましょう。

春《しゅん》暁《ぎょう》

孟《もう》浩《こう》然《ねん》

春眠《しゅんみん》　暁《あかつき》を覚《おぼ》えず
処処《しょしょ》に　啼鳥《ていちょう》を聞《き》く
夜来《やらい》　風雨《ふうう》の声《こえ》
花《はな》落《お》つること知《し》る多少《たしょう》

原文《げんぶん》

もとはこうなっています。

春暁

春眠不覚暁
処処聞啼鳥
夜来風雨声
花落知多少

2
右《みぎ》の詩《し》をわかりやすく直《なお》すと次《つぎ》のようになります。

春《はる》の朝《あさ》

ここちよい春《はる》の眠《ねむ》りに、
夜《よ》が明《あ》けたのも気《き》づかなかった。
あちらこちらから、
鳥《とり》の鳴《な》く声《こえ》が聞《き》こえてくる。
昨夜《さくや》は雨《あめ》風《かぜ》の音《おと》がしていたが、
花《はな》もどれほど
散《ち》ってしまっただろうか。

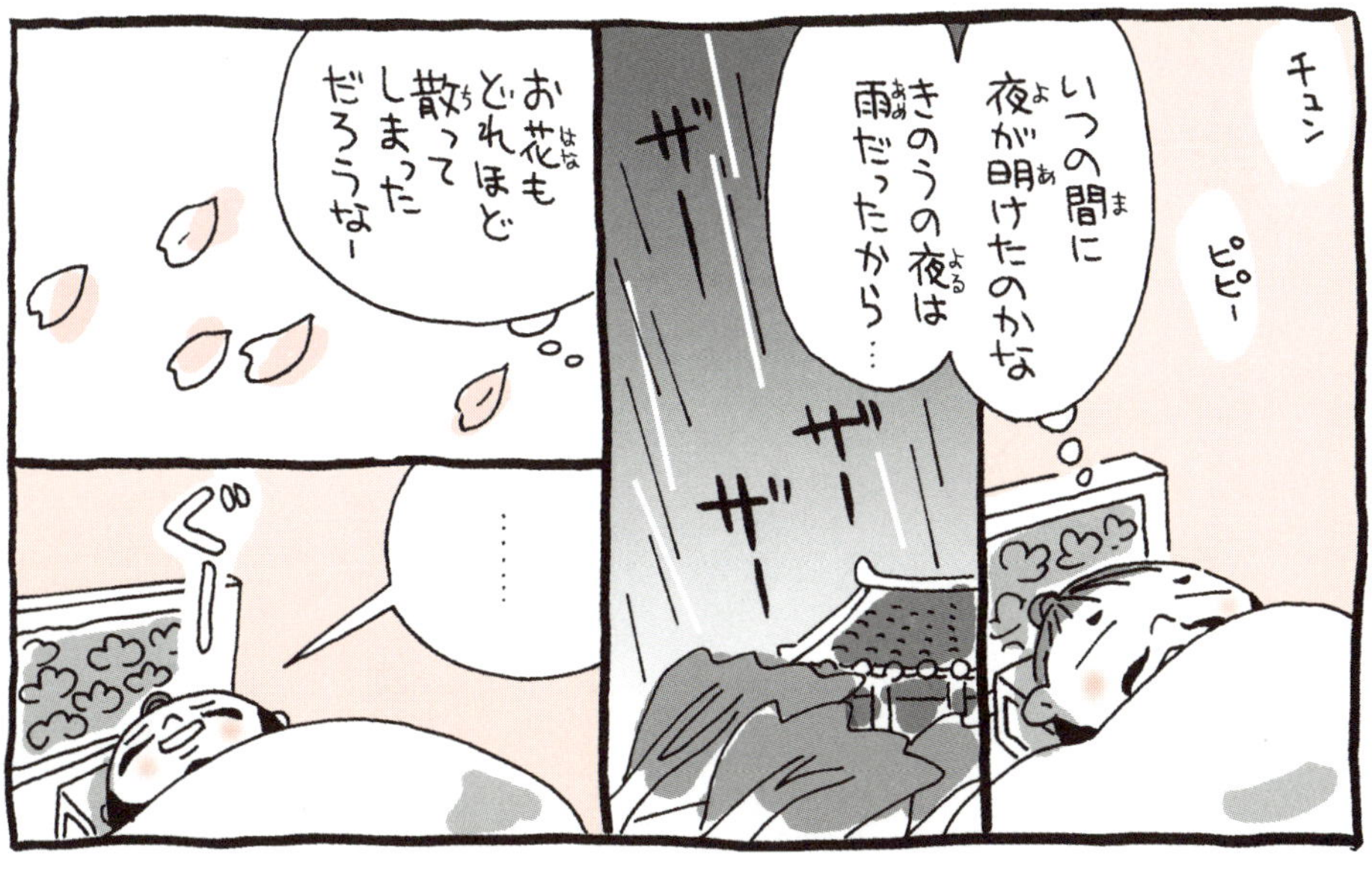

3 上《うえ》の漢詩《かんし》は、赤丸《あかまる》のついた字《じ》からスタートして、送《おく》りがなや返《かえ》り点《てん》をたよりに矢印《やじるし》のとおりに読《よ》んでいくと、下《した》のように読《よ》むことができます。上《うえ》の漢詩《かんし》を矢印《やじるし》をたどりながら読《よ》んでみましょう。

春暁

春眠不ず㆑覚エ㆑暁ヲ

処処ニ聞ク㆓啼鳥ヲ㆒

夜来風雨ノ声

花落ツルコト知ル多少

春《しゅん》暁《ぎょう》

春眠《しゅんみん》暁《あかつき》を覚《おぼ》えず

処処《しょしょ》に啼鳥《ていちょう》を聞《き》く

夜来《やらい》風雨《ふうう》の声《こえ》

花《はな》落《お》つること知《し》る多少《たしょう》

4 この詩《し》に出《で》てくる主《おも》な漢字《かんじ》を、書《か》き順《じゅん》どおりに書《か》いてみましょう。

暁　ギョウ　あかつき

眠　ミン　ねむ(る)

処　ショ　ところ

啼　テイ　な(く)

5 なぞって書《か》いてみましょう。

春暁《しゅんぎょう》

春眠《しゅんみん》　暁《あかつき》を覚《おぼ》えず
処処《しょしょ》に　啼鳥《ていちょう》を聞《き》く
夜来《やらい》　風雨《ふうう》の声《こえ》
花落《はなお》つること知《し》る多少《たしょう》

6 ことばの説明《せつめい》

暁《あかつき》 夜明《よあ》け。明《あ》けがた。

不レ覚《おぼえず》 1の詩《し》にもありましたが、この詩《し》では「気《き》がつかない」という意味《いみ》です。夜《よ》が明《あ》けたのに気《き》もつかず寝《ね》すごしたということです。

処処《しょしょ》 「処《しょ》」は「ところ」と読《よ》みますが、「処処《しょしょ》」は「ところどころ」ではなく、「あちらでもこちらでも」とか「いたるところで」という意味《いみ》です。

啼鳥《ていちょう》 「啼《てい》」は「鳴《めい》」と同《おな》じで「なく」と読《よ》む字《じ》です。「啼鳥《ていちょう》」でさえずる鳥《とり》の声《こえ》を言《い》っています。

聞《きく》 「聞《き》く」は自然《しぜん》に耳《みみ》に入《はい》ってくること、聞《き》こえてくることを表《あらわ》します。意識的《いしきてき》に聞《き》こうとするときは「聴《き》く」を使《つか》います。

夜来《やらい》 昨日《きのう》の夜《よる》。「来《らい》」にはあまり意味《いみ》がありませんが、「昨夜《さくや》からずっと」のような感《かん》じにとれないこともないでしょう。

花《はな》 これも1の詩《し》にもありましたが、やはり桃《もも》か李《すもも》の花《はな》のことです。

多少《たしょう》 「どれくらい〜か」という意味《いみ》の疑問《ぎもん》を表《あらわ》すことばですが、「多《おお》い」意味《いみ》もあり、その場合《ばあい》は「花《はな》もたくさん散《ち》ってしまっただろう」と訳《やく》すことになります。

7 今度《こんど》は上《うえ》の文《ぶん》を見《み》ながら、もとの漢詩《かんし》を、読《よ》む順《じゅん》になぞって書《か》いてみましょう。

春《しゅん》暁《ぎょう》

春《しゅん》眠《みん》　暁《あかつき》を覚《おぼ》えず

処《しょ》処《しょ》に　啼《てい》鳥《ちょう》を聞《き》く

夜《や》来《らい》　風《ふう》雨《う》の声《こえ》

花《はな》落《お》つること知《し》る多《た》少《しょう》

春暁

春眠不レ覚エレ暁ヲ

処処ニ聞ク二啼鳥ヲ一

夜来風雨ノ声

花落ツルコト知ル多少

8 『春暁《しゅんぎょう》』は、どんな詩《し》なのでしょうか。

春《はる》とはいえ、外《そと》はまだちょっと寒《さむ》いころ、ふとんのぬくもりにくるまって寝坊《ねぼう》しているのは気持《きも》ちがいいものです。小鳥《ことり》が鳴《な》いているから天気《てんき》はいいのでしょう。そういえば昨日《きのう》の夜《よる》は雨風《あめかぜ》が激《はげ》しかったけれど、庭《にわ》の花《はな》はどれくらい散《ち》っただろう…。中国《ちゅうごく》では花《はな》は桃《もも》か李《すもも》ですが、まあ桜《さくら》を想像《そうぞう》してもいいでしょう。雨《あめ》にぬれた庭《にわ》に敷《し》きつめたように散《ち》った花《はな》びらが目《め》にうかぶようです。

孟浩然《もうこうねん》は唐《とう》の時代《じだい》の詩人《しじん》です。詩人《しじん》としては世間《せけん》に名前《なまえ》を知《し》られましたが、役人《やくにん》になるための科挙《かきょ》の試験《しけん》になかなか合格《ごうかく》せず、あまり恵《めぐ》まれない人生《じんせい》でした。こののどかな春《はる》の詩《し》にも、ただ風流《ふうりゅう》なだけではない、満《み》たされない屈折《くっせつ》した思《おも》いがあるのかもしれません。

『山椒魚《さんしょううお》』という小説《しょうせつ》で知《し》られている井伏《いぶせ》鱒二《ますじ》は、この詩《し》をこんなふうに訳《やく》しています。

「ハルノネザメノウツツデ聞《き》ケバ／トリノナクネデ目《め》ガサメマシタ／ヨルノアラシニ雨《あめ》マジリ／散《ち》ツ

タ木《き》ノ花《はな》イカホドバカリ」。「ウツツ」はうつらうつらしている状態《じょうたい》を言《い》います。それなりに軽《かろ》やかで気《き》のきいた味《あじ》わいはありますが、もとの詩《し》の調子《ちょうし》には及《およ》ばないように思《おも》われます。

3 絶《ぜっ》句《く》

作者《さくしゃ》：杜《と》甫《ほ》

1 次《つぎ》の漢詩《かんし》を、声《こえ》に出《だ》して読《よ》んでみましょう。

絶《ぜっ》句《く》

杜《と》甫《ほ》

江《こう》碧《みどり》にして　鳥《とり》逾《いよいよ》白《しろ》く
山《やま》青《あお》くして　花《はな》然《も》えんと欲《ほっ》す
今《こん》春《しゅん》看《みすみす》又《また》過《す》ぐ
何《いず》れの日《ひ》か　是《こ》れ帰《き》年《ねん》ならん

原文《げんぶん》　もとはこうなっています。

絶句
江碧鳥逾白
山青花欲然
今春看又過
何日是帰年

2 右《みぎ》の詩《し》をわかりやすく直《なお》すと次《つぎ》のようになります。

絶《ぜっ》句《く》

川《かわ》は深《ふか》い緑《みどり》の水《みず》をたたえ、
水鳥《みずとり》はいっそう白《しろ》く、
山《やま》は青々《あおあお》として、
花《はな》は燃《も》えるように赤《あか》い。
今年《ことし》の春《はる》も、みるみるうちにまた過《す》ぎてゆく。
いつになったら、
故郷《こきょう》に帰《かえ》る日《ひ》がくるのだろうか…。

3 上《うえ》の漢詩《かんし》は、赤丸《あかまる》のついた字《じ》からスタートして、送《おく》りがなや返《かえ》り点《てん》をたよりに矢印《やじるし》のとおりに読《よ》んでいくと、下《した》のように読《よ》むことができます。
上《うえ》の漢詩《かんし》を矢印《やじるし》をたどりながら読《よ》んでみましょう。

絶句

江碧ニシテ鳥逾《いよいよ》白ク
山青クシテ花欲スレ然《も》エント
今春看《みすみす》又過グ
何《いず》レノ日カ是《こ》レ帰年ナラン

絶《ぜっ》句《く》

江《こう》碧《みどり》にして　鳥《とり》逾《いよいよ》白《しろ》く
山《やま》青《あお》くして　花《はな》然《も》えんと欲《ほっ》す
今《こん》春《しゅん》　看《みすみす》又《また》過《す》ぐ
何《いず》れの日《ひ》か　是《こ》れ帰《き》年《ねん》ならん

4 この詩《し》に出《で》てくる主《おも》な漢字《かんじ》を、書《か》き順《じゅん》どおりに書《か》いてみましょう。

- 絶　ゼツ　た(える)
- 句　ク
- 江　コウ　え
- 碧　ヘキ　みどり
- 逾　ユ　いよいよ
- 然　ゼン　も(える)
- 欲　ヨク　ほっ(する)
- 又　また
- 過　カ　す(ぎる)
- 是　ゼ　これ

5 なぞって書《か》いてみましょう。

絶《ぜっ》句《く》

江《こう》碧《みどり》にして　鳥《とり》逾《いよいよ》白《しろ》く

山《やま》青《あお》くして　花《はな》然《も》えんと欲《ほっ》す

今《こん》春《しゅん》看《みすみす》又《また》過《す》ぐ

何《いず》れの日《ひ》か　是《こ》れ帰《き》年《ねん》ならん

6 ことばの説明《せつめい》

江《こう》

1の詩にもありましたが、「江《こう》」は大《おお》きな川《かわ》のことを言《い》います。ここでは長江《ちょうこう》（揚子江《ようすこう》）上流《じょうりゅう》の、四川省《しせんしょう》の成都《せいと》という町《まち》の近《ちか》くを流《なが》れる錦江《きんこう》という川《かわ》のことと考《かんが》えられています。

碧《みどり》**・青**《あお》

「碧《みどり》」は川《かわ》の水《みず》の深《ふか》いあおみどり色《いろ》、「青《あお》」は春《はる》の山《やま》の木々《きぎ》の若葉《わかば》のみどり色《いろ》を表《あらわ》しています。

逾《いよいよ》

ますます。いっそう。

欲レ然《もえんとほっす》

「然《ねん》」は「燃《ねん》」と同《おな》じで、赤々《あかあか》と燃《も》えるような様子《ようす》を言《い》います。「欲《ほっ》す」は「ほしい」という意味《いみ》ではなく、「いまにも〜しそうなくらいだ」という感《かん》じを表《あらわ》しています。

看《みすみす》

みるみるうちに。たちまちに。「みるみる」とも読《よ》めますが、「みすみす」と読《よ》むことによって、「目《め》の前《まえ》に見《み》ていながらどうすることもできずに」という気持《きも》ちを感《かん》じさせています。

何日《いずれのひか》

「いつになったら〜か」「〜はいつのことか」という意味《いみ》の疑問《ぎもん》のことばです。

是《これ》

「是」という字《じ》は、今《いま》の中国語《ちゅうごくご》でも「我是日本人《ウォーシーリーベンレン》」（私《わたし》は日本人《にほんじん》です）のように使《つか》いますが、訳《やく》すほどの意味《いみ》はありません。

帰年《きねん》

故郷《こきょう》に帰《かえ》る時期《じき》。実際《じっさい》の杜甫《とほ》の故郷《こきょう》は湖北省《こほくしょう》の襄陽《じょうよう》というところですが、ここでは都《みやこ》の長安《ちょうあん》のことを言《い》っていると考《かんが》えられています。

7 今度《こんど》は上《うえ》の文《ぶん》を見《み》ながら、
もとの漢詩《かんし》を、読《よ》む順《じゅん》になぞって書《か》いてみましょう。

絶句《ぜっく》

江碧《こうみどり》にして　鳥《とり》逾《いよいよ》白《しろ》く
山青《やまあお》くして　花然《はなも》えんと欲《ほっ》す
今春《こんしゅん》看《みすみす》又過《またす》ぐ
何《いず》れの日《ひ》か　是《こ》れ帰年《きねん》ならん

絶句
江碧ニシテ鳥逾白ク
山青クシテ花欲レス然エント
今春看又過グ
何レノ日カ是レ帰年ナラン

8 『絶句《ぜっく》』は、どんな詩《し》なのでしょうか。

深《ふか》い碧《みどり》の水《みず》の上《うえ》を飛《と》ぶ白《しろ》い鳥《とり》、新緑《しんりょく》の山《やま》に咲《さ》く赤《あか》い花《はな》。人間《にんげん》の幸《こう》・不幸《ふこう》にかかわらず、美《うつく》しい春《はる》はおとずれ、そして去《さ》ってゆきます。去年《きょねん》もおととしも、そしてまた今年《ことし》も…。自分《じぶん》の人《じん》生《せい》をどうすることもできない哀《かな》しみの中《なか》で、故郷《こきょう》に帰《かえ》る日《ひ》を迎《むか》えることのできないまま、杜甫《とほ》は生涯《しょうがい》を閉《と》じました。

杜甫《とほ》は、李白《りはく》と並《なら》んで、中国《ちゅうごく》を代表《だいひょう》する大詩人《だいしじん》です。出世《しゅっせ》を志《こころざ》しますが、何度《なんど》も科挙《かきょ》の試験《しけん》に落第《らくだい》しました。唐王朝《とうおうちょう》をゆるがした安禄山《あんろくざん》の乱《らん》という内乱《ないらん》があったころ、一時役人《いちじやくにん》になりましたが、その後《ご》、家族《かぞく》をつれて長江《ちょうこう》を下《くだ》る、長《なが》い漂泊《ひょうはく》の旅《たび》の舟《ふね》の中《なか》で亡《な》くなりました。この詩《し》は友人《ゆうじん》の世話《せわ》になりながら数年《すうねん》をすごした四川省《しせんしょう》の成都《せいと》での作品《さくひん》です。

杜甫《とほ》は「詩聖《しせい》」と呼《よ》ばれ、後世多《こうせいおお》くの人々《ひとびと》に尊敬《そんけい》されてきました。張籍《ちょうせき》という詩人《しじん》などは、詩《し》がうまくなりたくて、杜甫《とほ》の詩集《ししゅう》を焼《や》いて灰《はい》にし、蜜《みつ》をまぜて飲《の》んだと言《い》われてい

ます。江戸時代《えどじだい》の俳人松尾芭蕉《はいじんまつおばしょう》も杜甫《とほ》の詩《し》集《しゅう》を愛読《あいどく》し、芭蕉《ばしょう》の俳句《はいく》には「夏草《なつくさ》や兵《つわもの》どもが夢《ゆめ》のあと」など、杜甫《とほ》の詩《し》をもとにしたものがたくさんあります。

4 柴《しば》の柵《さく》

作者《さくしゃ》：王《おう》維《い》

1 次《つぎ》の漢詩《かんし》を、声《こえ》に出《だ》して読《よ》んでみましょう。

鹿《ろく》柴《さい》

王《おう》維《い》

空山《くうざん》　人《ひと》を見《み》ず
但《た》だ人語《じんご》の響《ひび》きを聞《き》くのみ
返景《へんけい》　深林《しんりん》に入《い》り
復《ま》た照《て》らす　青苔《せいたい》の上《うえ》

原文《げんぶん》

もとはこうなっています。

鹿柴

空山不見人
但聞人語響
返景入深林
復照青苔上

2 右《みぎ》の詩《し》をわかりやすく直《なお》すと次《つぎ》のようになります。

柴《しば》の柵《さく》

人影《ひとかげ》も見《み》えない　秋《あき》の山《やま》に、
どこからか　人《ひと》の声《こえ》が聞《き》こえてくる。
夕日《ゆうひ》の光《ひかり》が　深《ふか》い林《はやし》にさしこんで、
青《あお》い苔《こけ》の上《うえ》を　赤《あか》く照《て》らしている。

3 上《うえ》の漢詩《かんし》は、赤丸《あかまる》のついた字《じ》からスタートして、送《おく》りがなや返《かえ》り点《てん》をたよりに矢印《やじるし》のとおりに読《よ》んでいくと、下《した》のように読《よ》むことができます。上《うえ》の漢詩《かんし》を矢印《やじるし》をたどりながら読《よ》んでみましょう。

鹿柴

空山不《ず》レ見レ人ヲ

但《た》ダ聞二クノミ人語ノ響一キヲ

返景入《い》リ二深林一ニ

復《ま》タ照ラス青苔ノ上

鹿柴《ろくさい》

空山《くうざん》　人《ひと》を見《み》ず

但《た》だ人語《じんご》の響《ひび》きを聞《き》くのみ

返景《へんけい》　深林《しんりん》に入《い》り

復《ま》た照《て》らす　青苔《せいたい》の上《うえ》

4 柴の柵

4 この詩に出てくる主な漢字を、書き順どおりに書いてみましょう。

鹿（ロク／しか）　鹿鹿鹿鹿鹿鹿鹿鹿鹿鹿鹿

柴（サイ／しば）　柴柴柴柴柴柴柴柴柴

但（ただ（し））　但但但但但但但

響（キョウ／ひび（く））　響響響響響響響響響響響響響響響響響響響響

景（ケイ）　景景景景景景景景景景景景

照（ショウ／て（る））　照照照照照照照照照照照照照

苔（タイ／こけ）　苔苔苔苔苔苔苔苔

（吹き出し）……まあ、すべて私の別荘での光景だけどね

すごい！王維さんはスケール大きいっす

はっはっは

5 なぞって書《か》いてみましょう。

鹿柴《ろくさい》

空山《くうざん》　人《ひと》を見《み》ず
但《た》だ人語《じんご》の響《ひび》きを聞《き》くのみ
返景《へんけい》　深林《しんりん》に入《い》り
復《ま》た照《て》らす　青苔《せいたい》の上《うえ》

6 ことばの説明《せつめい》

鹿柴《ろくさい》 鹿《しか》を囲《かこ》って飼《か》っておくための、木《き》で作《つく》った柵《さく》のことです。

空山《くうざん》 晩秋《ばんしゅう》の、木々《きぎ》の葉《は》が枯《か》れて落《お》ちたころのひっそりと静《しず》かな里山《さとやま》のことを言《い》います。

人語響《じんごのひびき》 人《ひと》の話《はな》し声《ごえ》。山《やま》で木《き》を伐《き》る仕事《しごと》をしている人《ひと》の話《はな》す声《こえ》がかすかに聞《き》こえているのでしょう。

返景《へんけい》 夕日《ゆうひ》の光《ひかり》。「景《けい》」は「影《えい》」と同《おな》じで、「影《えい》(かげ)」には、①「木《こ》かげ」の「かげ」のように暗《くら》い「陰《かげ》」の意味《いみ》、②「月《つき》かげ」「星《ほし》かげ」の「かげ」のように「光《ひかり》」の意味《いみ》、③「人《ひと》かげ」の「かげ」のように「姿《すがた》」の意味《いみ》がありますが、ここでは②の光《ひかり》のことです。

復《また》 ここでは「ふたたび」というほどの意味《いみ》はありません。「そして」くらいの意味《いみ》です。

青苔《せいたい》 地面《じめん》や石《いし》をおおっているみどり色《いろ》の苔《こけ》。

7 今度《こんど》は上《うえ》の文《ぶん》を見《み》ながら、もとの漢詩《かんし》を、読《よ》む順《じゅん》になぞって書《か》いてみましょう。

鹿柴《ろくさい》

空山《くうざん》　人《ひと》を見《み》ず
但《た》だ人語《じんご》の響《ひび》きを聞《き》くのみ
返景《へんけい》　深林《しんりん》に入《い》り
復《ま》た照《て》らす　青苔《せいたい》の上《うえ》

鹿柴

空山不レ見レ人ヲ
但ダ聞ニクノミ人語ノ響一キヲ
返景入ニリ深林一ニ
復タ照ラス青苔ノ上

8 『鹿柴《ろくさい》』は、どんな詩《し》なのでしょうか。

晩秋《ばんしゅう》の山《やま》。どこにも人《ひと》の姿《すがた》は見《み》えないのに、どこからか聞《き》こえてくる話《はな》し声《ごえ》が、かえってしんとしたあたりの静《しず》けさを際立《きわだ》たせています。深《ふか》い林《はやし》にさしこむ赤《あか》い夕日《ゆうひ》に照《て》らされた青《あお》い苔《こけ》。淡《あわ》くいろどられた日本画《にほんが》のように穏《おだ》やかな詩《し》です。

「鹿柴《ろくさい》」というのは、長安《ちょうあん》の都《みやこ》の南《みなみ》の終南山《しゅうなんざん》にあった、王維《おうい》の広大《こうだい》な輞川荘《もうせんそう》という別荘《べっそう》の敷地《しきち》の中《なか》の一風景《いちふうけい》につけられた名前《なまえ》だそうです。王維《おうい》は若《わか》いうちに科挙《かきょ》の試験《しけん》に合格《ごうかく》して出世《しゅっせ》し、詩人《しじん》としてだけでなく、画家《がか》としても、書家《しょか》としても、琵琶《びわ》の名手《めいしゅ》としても知《し》られた多才《たさい》な人《ひと》でした。宋《そう》の時代《じだい》の詩人《しじん》蘇軾《そしょく》は、王維《おうい》の詩《し》と画《え》を評《ひょう》して、「詩《し》の中《なか》に画《え》があり、画《え》の中《なか》に詩《し》がある」と言《い》っています。

王維《おうい》は有名《ゆうめい》な山水画家《さんすいがか》でもありました。元《げん》の時代《じだい》のある書物《しょもつ》には、王維《おうい》が玄宗皇帝《げんそうこうてい》の弟《おとうと》の岐王《きおう》のために描《えが》いた画《え》の中《なか》の大《おお》きな石《いし》が、ある嵐《あらし》の日《ひ》に稲妻《いなずま》とともに屋根《やね》を破《やぶ》り、高麗《こうらい》

(朝鮮半島《ちょうせんはんとう》)の山《やま》の頂上《ちょうじょう》に飛《と》んで行《い》ったという話《はなし》があります。むろんありえない話《はなし》ですが、そんな話《はなし》が生《う》まれるほど、王維《おうい》の画《え》が伝説的《でんせつてき》になっていたということでしょう。

5 川《かわ》の雪《ゆき》

作者《さくしゃ》：柳宗元《りゅうそうげん》

1 次《つぎ》の漢詩《かんし》を、声《こえ》に出《だ》して読《よ》んでみましょう。

江《こう》雪《せつ》

柳宗元《りゅうそうげん》

千山《せんざん》鳥《とり》飛《と》ぶこと絶《た》え
万径《ばんけい》人蹤《じんしょう》滅《めつ》す
孤舟《こしゅう》蓑笠《さりゅう》の翁《おう》
独《ひと》り釣《つ》る　寒江《かんこう》の雪《ゆき》

原文　もとはこうなっています。

江雪

千山鳥飛絶
万径人蹤滅
孤舟蓑笠翁
独釣寒江雪

2 右《みぎ》の詩《し》をわかりやすく直《なお》すと次《つぎ》のようになります。

川《かわ》の雪《ゆき》

どの山《やま》からも　飛《と》ぶ鳥《とり》の影《かげ》が絶《た》え、
すべての径《みち》に　人《ひと》の足《あし》あとが消《き》えた。
一《いっ》そうの小舟《こぶね》に　蓑笠《みのかさ》をつけた老人《ろうじん》が、
一人《ひとり》　寒々《さむざむ》とした川《かわ》の雪《ゆき》の中《なか》で釣《つ》り糸《いと》をたれている。

3 上《うえ》の漢詩《かんし》は、赤丸《あかまる》のついた字《じ》からスタートして、送《おく》りがなや返《かえ》り点《てん》をたよりに矢印《やじるし》のとおりに読《よ》んでいくと、下《した》のように読《よ》むことができます。上《うえ》の漢詩《かんし》を矢印《やじるし》をたどりながら読《よ》んでみましょう。

江雪

千山鳥飛ブコト絶エ

万径人蹤滅ス

孤舟蓑笠ノ翁

独リ釣ル寒江ノ雪

江《こう》雪《せつ》

千《せん》山《ざん》　鳥《とり》飛《と》ぶこと絶《た》え

万《ばん》径《けい》　人《じん》蹤《しょう》滅《めっ》す

孤《こ》舟《しゅう》　蓑《さ》笠《りゅう》の翁《おう》

独《ひと》り釣《つ》る　寒《かん》江《こう》の雪《ゆき》

4 この詩《し》に出《で》てくる主《おも》な漢字《かんじ》を、書《か》き順《じゅん》どおりに書《か》いてみましょう。

飛 ヒ と(ぶ)

径 ケイ

蹤 ショウ

滅 メツ ほろ(びる)

孤 コ

蓑 サ みの

笠 リュウ かさ

翁 オウ おきな

独 ドク ひと(り)

釣 チョウ つ(る)

5 なぞって書《か》いてみましょう。

江雪《こうせつ》

千山《せんざん》　鳥《とり》飛《と》ぶこと絶《た》え

万径《ばんけい》　人蹤《じんしょう》滅《めっ》す

孤舟《こしゅう》　蓑笠《さりゅう》の翁《おう》

独《ひと》り釣《つ》る　寒江《かんこう》の雪《ゆき》

6 ことばの説明《せつめい》

江雪《こうせつ》 川《かわ》の雪《ゆき》げしき。

千山《せんざん》 「千《せん》」は実際《じっさい》の数《かず》を言《い》っているのではなく、多《おお》いことを表《あらわ》しています。「千山《せんざん》」で、ここでは「すべての山《やま》。山《やま》という山《やま》はすべて」という意味《いみ》です。

万径《ばんけい》 この「万《ばん》」も「千山《せんざん》」の「千《せん》」と同《おな》じようにやはり多《おお》いことを表《あらわ》していて、「万径《ばんけい》」で、ここでは「すべての道《みち》。道《みち》という道《みち》はすべて」という意味《いみ》です。「径《けい》」は小道《こみち》のことを言《い》います。

人蹤《じんしょう》 人《ひと》の足《あし》あと。「蹤《しょう》」は長《なが》く続《つづ》く足《あし》あと、つまり人《ひと》が道《みち》を歩《ある》いた形跡《けいせき》を表《あらわ》します。

孤舟《こしゅう》 一《いっ》そうの小舟《こぶね》。

蓑笠《さりゅう》 「蓑《さ》」はみの、「笠《りゅう》」はかさ。雨《あめ》や雪《ゆき》を防《ふせ》ぐためのもので、今《いま》で言《い》えば、みのはレインコート、かさは手《て》で持《も》つ傘《かさ》ではなく、頭《あたま》にかぶるレインハットです。茅《かや》や萓《すげ》、あるいは藁《わら》や棕櫚《しゅろ》などの植物《しょくぶつ》を編《あ》んで作《つく》ります。

翁《おう》 老人《ろうじん》。「翁《おう》」はおじいさんで、おばあさんは「媼《おう》」です。

寒江《かんこう》 人《ひと》の気配《けはい》のない寒々《さむざむ》とした川《かわ》。

7 今度《こんど》は上《うえ》の文《ぶん》を見《み》ながら、もとの漢詩《かんし》を、読《よ》む順《じゅん》になぞって書《か》いてみましょう。

江《こう》雪《せつ》

千山《せんざん》　鳥《とり》飛《と》ぶこと絶《た》え
万径《ばんけい》　人《じん》蹤《しょう》滅《めつ》す
孤《こ》舟《しゅう》　蓑《さ》笠《りゅう》の翁《おう》
独《ひと》り釣《つ》る　寒《かん》江《こう》の雪《ゆき》

江雪
千山鳥飛（ブコト）絶（エ）
万径人蹤滅（ス）
孤舟蓑笠（ノ）翁
独（リ）釣（ル）寒江（ノ）雪

8 『江雪《こうせつ》』は、どんな詩《し》なのでしょうか。

白一色《しろいっしょく》の雪《ゆき》げしきの中《なか》で、川《かわ》に釣《つ》り糸《いと》をたれる老人《ろうじん》と、一《いっ》そうの小舟《こぶね》。降《ふ》りしきる雪《ゆき》は川《かわ》の面《おもて》に落《お》ちては消《き》えて、寒々《さむざむ》とした空《くう》気《き》までも墨《すみ》の濃淡《のうたん》だけで描《えが》ききった水墨画《すいぼくが》のような、冷《つめ》たく美《うつく》しい冬《ふゆ》の詩《し》です。前半《ぜんはん》の「千《せん》」と「万《ばん》」、「絶《ぜつ》」と「滅《めつ》」、後半《こうはん》の「孤《こ》」と「独《どく》」の字《じ》の置《お》きかたもみごとです。

この詩《し》は、柳宗元《りゅうそうげん》が、ある政治的《せいじてき》な事件《じけん》にかかわった罪《つみ》によって、永州《えいしゅう》（湖南省《こなんしょう》）に追放《ついほう》されていたころの作品《さくひん》と言《い》われています。それを考《かんが》えると、鳥《とり》も飛《と》ばず、人《ひと》も訪《おとず》れない一面《いちめん》の雪《ゆき》げしきは作者《さくしゃ》をとりまく世界《せかい》の冷《つめ》たさを、一人釣《ひとりつ》り糸《いと》をたれる老人《ろうじん》は作者自身《さくしゃじしん》の孤独《こどく》を象徴《しょうちょう》しているのかもしれません。

この詩《し》も、もとの詩《し》の簡潔《かんけつ》な味《あじ》わいを越《こ》える訳《やく》はなかなかできないようです。著名《ちょめい》な詩《し》人《じん》でもあった佐藤春夫《さとうはるお》はこう訳《やく》しています。「千山《せんざん》に飛《と》ぶ鳥《とり》絶《た》えて／万径《ばんけい》は人《ひと》の蹤《あと》消《た》え／

一葉舟《ひとはぶね》蓑笠《みのかさ》の叟《おじ》／雪《ゆき》の江《え》にひとり釣《つ》り居《い》る」。「千山《せんざん》、万径《ばんけい》」はそのままにしています。工《く》夫《ふ》のあとは感《かん》じますが、「叟《おじ》」などは今《いま》ではもうわからないことばですね。

6

春《はる》の夜《よる》

作者《さくしゃ》：蘇《そ》軾《しょく》

1 次《つぎ》の漢詩《かんし》を、声《こえ》に出《だ》して読《よ》んでみましょう。

春《しゅん》夜《や》

蘇《そ》軾《しょく》

春宵一刻《しゅんしょういっこく》　値千金《あたいせんきん》
花《はな》に清香《せいこう》有《あ》り　月《つき》に陰《かげ》有《あ》り
歌管楼台《かかんろうだい》　声細細《こえさいさい》
鞦韆院落《しゅうせんいんらく》　夜沈沈《よるちんちん》

原文《げんぶん》

もとはこうなっています。

春夜
春宵一刻値千金
花有清香月有陰
歌管楼台声細細
鞦韆院落夜沈沈

2 右《みぎ》の詩《し》をわかりやすく直《なお》すと次《つぎ》のようになります。

春《はる》の夜《よる》

春《はる》の夜《よ》のひとときは　千金《せんきん》の値《ね》うちだ。
花《はな》は清《きよ》らな香《か》を放《はな》ち　月《つき》はおぼろにかすんでいる。
高殿《たかどの》の歌声《うたごえ》や笛《ふえ》の音《ね》も　もうか細《ぼそ》くなって、
中庭《なかにわ》のぶらんこに　夜《よる》がしんしんとふけてゆく。

3 上《うえ》の漢詩《かんし》は、赤丸《あかまる》のついた字《じ》からスタートして、送《おく》りがなや返《かえ》り点《てん》をたよりに矢印《やじるし》のとおりに読《よ》んでいくと、下《した》のように読《よ》むことができます。
上《うえ》の漢詩《かんし》を矢印《やじるし》をたどりながら読《よ》んでみましょう。

春夜

春宵一刻値千金
花ニ有リ二清香一月ニ有リレ陰
歌管楼台声細細
鞦韆院落夜沈沈

春《しゅん》夜《や》

春宵《しゅんしょう》一刻《いっこく》　値《あたい》千金《せんきん》
花《はな》に清香《せいこう》有《あ》り　月《つき》に陰《かげ》有《あ》り
歌管《かかん》楼台《ろうだい》　声《こえ》細細《さいさい》
鞦韆《しゅうせん》院落《いんらく》　夜《よる》沈沈《ちんちん》

4 この詩《し》に出《で》てくる主《おも》な漢字《かんじ》を、書《か》き順《じゅん》どおりに書《か》いてみましょう。

宵 ショウ よい

刻 コク きざ(む)

値 チ あたい

清 セイ・ショウ きよ(い)

香 コウ かお(り)

陰 イン かげ

管 カン くだ

楼 ロウ

鞦 シュウ

韆 セン

沈 チン しず(む)

5 なぞって書《か》いてみましょう。

春《しゅん》夜《や》

春《しゅん》宵《しょう》一《いっ》刻《こく》 値《あたい》千《せん》金《きん》
花《はな》に清《せい》香《こう》有《あ》り 月《つき》に陰《かげ》有《あ》り
歌《か》管《かん》楼《ろう》台《だい》 声《こえ》細《さい》細《さい》
鞦《しゅう》韆《せん》院《いん》落《らく》 夜《よる》沈《ちん》沈《ちん》

6 ことばの説明《せつめい》

春宵《しゅんしょう》 春《はる》の夜《よる》。いわゆる「宵《よい》」（日《ひ》暮《ぐ》れから間《ま》もないころ）ではなく、ここでは夜《よ》ふけの時間《じかん》です。

一刻《いっこく》 一刻《いっこく》は、日本語《にほんご》では子《ね》の刻《こく》、丑《うし》の刻《こく》のように一日《いちにち》を十二等分《じゅうにとうぶん》した時間《じかん》（つまり、一刻《いっこく》は約《やく》二時間《にじかん》）のことをさしますが、ここではごくわずかな時間《じかん》ということを言《い》っています。

千金《せんきん》 「千《せん》」は実際《じっさい》の数《かず》ではなく、「千金《せんきん》」で非常《ひじょう》に高価《こうか》だということを表《あらわ》しています。

陰《かげ》 月《つき》に雲《くも》がかかっていることを言《い》っていますが、「影《かげ》」と同《おな》じ「光《ひかり》」の意味《いみ》ととって、「月《つき》に陰《かげ》有《あ》り」で「月《つき》が明《あか》るく輝《かがや》いている」と訳《やく》す説《せつ》もあります。

歌管《かかん》 「管《かん》」は竹《たけ》で作《つく》った管楽器《かんがっき》（笛《ふえ》）のことです。「歌管《かかん》」で広《ひろ》く音楽《おんがく》のことをさすこともあります。ここでは高殿《たかどの》でもよおされていた宴会《えんかい》の席《せき》での歌声《うたごえ》や笛《ふえ》の音《ね》なのでしょう。

楼台《ろうだい》 高殿《たかどの》。二《に》、三階建《さんかいだ》てくらいの高《たか》い建物《たてもの》のことを言《い》います。

細細《さいさい》 歌声《うたごえ》や笛《ふえ》の音《ね》がか細《ぼそ》く聞《き》こえてくる感《かん》じを表《あらわ》します。「寂寂《せきせき》」となっていることもあり、その場合《ばあい》は「ひっそりと静《しず》まりかえり」という意味《いみ》になります。

鞦韆《しゅうせん》 ぶらんこ。子供《こども》の遊《あそ》び道具《どうぐ》ではなく、宮廷《きゅうてい》の女性《じょせい》たちが遊《あそ》ぶためのものだったようです。ついさっきまで、中庭《なかにわ》で若《わか》い女性《じょせい》が楽《たの》しそうに遊《あそ》んでいたのでしょう。

院落《いんらく》 お屋敷《やしき》のような広《ひろ》い家《いえ》の中庭《なかにわ》のことを言《い》います。

沈沈《ちんちん》 夜《よ》がしんしんとふけてゆく様子《ようす》を表《あらわ》しています。

7 今度《こんど》は上《うえ》の文《ぶん》を見《み》ながら、もとの漢詩《かんし》を、読《よ》む順《じゅん》になぞって書《か》いてみましょう。

春《しゅん》夜《や》

春《しゅん》宵《しょう》一《いっ》刻《こく》　値《あたい》千《せん》金《きん》

花《はな》に清《せい》香《こう》有《あ》り　月《つき》に陰《かげ》有《あ》り

歌《か》管《かん》楼《ろう》台《だい》　声《こえ》細《さい》細《さい》

鞦《しゅう》韆《せん》院《いん》落《らく》　夜《よる》沈《ちん》沈《ちん》

春夜

春宵一刻値千金

花ニ有リ二清香一月ニ有リレ陰

歌管楼台声細細

鞦韆院落夜沈沈

8 『春夜《しゅんや》』は、どんな詩《し》なのでしょうか。

とにかく声《こえ》に出《だ》して読《よ》んでみてください。「春宵《しゅんしょう》」「一刻《いっこく》」「千金《せんきん》」「清香《せいこう》」「歌管《かかん》」「楼台《ろうだい》」「細細《さいさい》」「鞦韆《しゅうせん》」「院落《いんらく》」「沈沈《ちんちん》」と、難《むずか》しい熟語《じゅくご》が並《なら》んでいますが、意味《いみ》の説明《せつめい》よりも、リズムの快《こころ》よさをそのまま味《あじ》わってほしい詩《し》です。花《はな》の香《か》が甘《あま》くただよい、月《つき》がおぼろな春《はる》の夜《よる》。先《さき》ほどまで宴《えん》がひらかれていてにぎやかだった高殿《たかどの》の歌声《うたごえ》や楽器《がっき》の音《おと》も幽《かす》かになり、若《わか》い女性《じょせい》たちが楽《たの》しそうに遊《あそ》んでいたぶらんこも今《いま》は静《しず》かにぶらさがっている中庭《なかにわ》に、夜《よ》がふけていきます…。

蘇軾《そしょく》は、蘇東坡《そとうば》という呼《よ》び方《かた》でも知《し》られ、宋《そう》の時代《じだい》の大文豪《だいぶんごう》で、詩人《しじん》としてだけでなく、唐《とう》・宋《そう》の時代《じだい》を代表《だいひょう》する八人《はちにん》の名文家《めいぶんか》（唐宋八大家《とうそうはちたいか》と言《い》います）にも数《かぞ》えられています。

江戸時代《えどじだい》の俳人《はいじん》宝井其角《たからいきかく》は、「春宵一刻値《しゅんしょういっこくあたい》千金《せんきん》」をふまえて、「夏《なつ》の月《つき》／蚊《か》を疵《きず》にして／五《ご》百両《ひゃくりょう》」というしゃれた句《く》を作《つく》っています。夏《なつ》の夜《よる》は、蚊《か》がいたりする分《ぶん》、値《ね》うちは春《はる》の夜《よる》の

半分《はんぶん》だと言《い》っているわけです。

話《はなし》は変《か》わって、中華料理《ちゅうかりょうり》で豚《ぶた》の角煮《かくに》を東坡肉《トンポーロ》と言《い》いますが、これは蘇軾《そしょく》が好《この》んだことによる命《めい》名《めい》で、作《つく》り方《かた》の詩《し》を残《のこ》したりもしています。

7 朝早《あさはや》く白帝城《はくていじょう》を発《た》って

作者《さくしゃ》：李《り》白《はく》

1 次《つぎ》の漢詩《かんし》を、声《こえ》に出《だ》して読《よ》んでみましょう。

早《つと》に白帝城《はくていじょう》を発《はっ》す　李《り》白《はく》

朝《あした》に辞《じ》す　白帝彩雲《はくていさいうん》の間《かん》
千里《せんり》の江陵《こうりょう》　一日《いちじつ》にして還《かえ》る
両岸《りょうがん》の猿声《えんせい》　啼《な》いて尽《つ》きざるに
軽舟已《けいしゅうすで》に過《す》ぐ　万重《ばんちょう》の山《やま》

原文《げんぶん》
もとはこうなっています。

早発白帝城
朝辞白帝彩雲間
千里江陵一日還
両岸猿声啼不尽
軽舟已過万重山

2 右《みぎ》の詩《し》をわかりやすく直《なお》すと次《つぎ》のようになります。

朝《あさ》早《はや》く白帝城《はくていじょう》を発《た》って

朝焼《あさや》けの雲《くも》のたなびく中《なか》

白帝城《はくていじょう》を発《た》って、

江陵《こうりょう》までの千里《せんり》を　一日《いちにち》で下《くだ》った。

両岸《りょうがん》で鳴《な》く猿《さる》の声《こえ》が

耳《みみ》をはなれないうちに、

小《ちい》さな舟《ふね》は　重《かさ》なる山々《やまやま》の間《あいだ》を

飛《と》ぶように過《す》ぎて行《い》った。

3 上《うえ》の漢詩《かんし》は、赤丸《あかまる》のついた字《じ》からスタートして、送《おく》りがなや返《かえ》り点《てん》をたよりに矢印《やじるし》のとおりに読《よ》んでいくと、下《した》のように読《よ》むことができます。上《うえ》の漢詩《かんし》を矢印《やじるし》をたどりながら読《よ》んでみましょう。

早発白帝城

朝辞白帝彩雲間
千里江陵一日還
両岸猿声啼不尽
軽舟已過万重山

早《つと》に白帝城《はくていじょう》を発《はっ》す

朝《あした》に辞《じ》す　白帝彩雲《はくていさいうん》の間《かん》
千里《せんり》の江陵《こうりょう》　一日《いちじつ》にして還《かえ》る
両岸《りょうがん》の猿声《えんせい》　啼《な》いて尽《つ》きざるに
軽舟《けいしゅう》已《すで》に過《す》ぐ　万重《ばんちょう》の山《やま》

4 この詩《し》に出《で》てくる主《おも》な漢字《かんじ》を、書《か》き順《じゅん》どおりに書《か》いてみましょう。

帝 テイ

城 ジョウ しろ

辞 ジ や(める)

彩 サイ いろど(る)

陵 リョウ みささぎ

猿 エン さる

尽 ジン つ(きる)

已 イ すで(に)

5

なぞって書《か》いてみましょう。

早《つと》に白帝城《はくていじょう》を発《はっ》す

朝《あした》に辞《じ》す　白帝《はくてい》彩雲《さいうん》の間《かん》

千里《せんり》の江陵《こうりょう》　一日《いちじつ》にして還《かえ》る

両岸《りょうがん》の猿声《えんせい》　啼《な》いて尽《つ》きざるに

軽舟《けいしゅう》已《すで》に過《す》ぐ　万重《ばんちょう》の山《やま》

6 ことばの説明《せつめい》

早《つとに》
朝早《あさはや》く。早朝《そうちょう》。

白帝城《はくていじょう》
四川省《しせんしょう》奉節県《ほうせつけん》の白帝山《はくていざん》という山《やま》の上《うえ》にあるとりで。「城《じょう》」は日本《にほん》のお城《しろ》みたいに天守閣《てんしゅかく》があるようなものではありません。今《いま》も有名《ゆうめい》な観光地《かんこうち》です。

辞《じす》
別《わか》れを告《つ》げて去《さ》ることを言《い》います。

彩雲《さいうん》
朝《あさ》やけ雲《ぐも》。

千里江陵《せんりのこうりょう》
江陵《こうりょう》はいまの湖北省荊州市《こほくしょうけいしゅうし》の昔《むかし》のよび名《な》です。「千《せん》」は今《いま》までもあったように、長《なが》い距離《きょり》を大《おお》げさに言《い》っているようにも見《み》えますが、実際《じっさい》に白帝城《はくていじょう》から江陵《こうりょう》までは約千二百里《やくせんにひゃくり》（六《ろく》～七《しち》百《ひゃっ》キロメートル）の距離《きょり》です。

啼不レ尽《ないてつきざるに》
猿《さる》の鳴《な》き声《ごえ》があちこちで聞《き》こえている間《あいだ》に、猿《さる》のキーッというひと声《こえ》が尾《お》をひいている間《あいだ》に、などいろいろと解釈《かいしゃく》されています。「啼《な》いて住《や》まざるに」となっている場合《ばあい》もあります。

軽舟《けいしゅう》
スピードの速《はや》い、軽快《けいかい》な小舟《こぶね》。

万重山《ばんちょうのやま》
この場合《ばあい》の「万《ばん》」は多《おお》いことを表《あらわ》しています。いくえにも重《かさ》なった山々《やまやま》ということです。

7 今度《こんど》は上《うえ》の文《ぶん》を見《み》ながら、もとの漢詩《かんし》を、読《よ》む順《じゅん》になぞって書《か》いてみましょう。

早《つと》に白帝城《はくていじょう》を発《はっ》す

朝《あした》に辞《じ》す　白帝彩雲《はくていさいうん》の間《かん》
千里《せんり》の江陵《こうりょう》　一日《いちじつ》にして還《かえ》る
両岸《りょうがん》の猿声《えんせい》　啼《な》いて尽《つ》きざるに
軽舟《けいしゅう》已《すで》に過《す》ぐ　万重《ばんちょう》の山《やま》

早ニ発ス二白帝城ヲ一

朝ニ辞ス白帝彩雲ノ間
千里ノ江陵一日ニシテ還ル
両岸ノ猿声啼イテ不ルニレ尽キ
軽舟已ニ過グ万重ノ山

8 『早《つと》に白帝城《はくていじょう》を発《はっ》す』は、どんな詩《し》なのでしょうか。

スピード感《かん》あふれる軽快《けいかい》な詩《し》です。

白帝城《はくていじょう》は、今《いま》でも有名《ゆうめい》な観光地《かんこうち》です。ここから長江《ちょうこう》を舟《ふね》で下《くだ》って、江陵《こうりょう》までおよそ千里《せんり》。東京《とうきょう》〜大阪間《おおさかかん》くらいの距離《きょり》を一日《いちにち》で下《くだ》った…というのは、漢文《かんぶん》の世界独特《せかいどくとく》のオーバーな表現《ひょうげん》のようにも見《み》えますが、まんざらうそではないようです。両岸《りょうがん》で鳴《な》く猿《さる》の声《こえ》がやまないうちに、舟《ふね》は急流《きゅうりゅう》に乗《の》ってあっという間《ま》に流《なが》れ下《くだ》り、まわりの景色《けしき》は飛《と》ぶように後《うし》ろに去《さ》っていきます。

李白《りはく》は杜甫《とほ》とほぼ同《おな》じ時代《じだい》の詩人《しじん》です。絶句《ぜっく》（四句《よんく》の詩《し》）の達人《たつじん》として知《し》られ、この詩《し》も、「千《せん》・一《いち》・両《りょう》（二《に》）・万《まん》」の数字《すうじ》の配置《はいち》が実《じつ》にみごとです。

李白《りはく》は酒《さけ》の詩人《しじん》としても知《し》られています。とにかく大酒飲《おおざけの》みだったようで、自分《じぶん》でも「三《さん》百六十日《びゃくろくじゅうにち》／日々酔《ひびよ》うこと泥《どろ》のごとし」と歌《うた》っていますし、杜甫《とほ》も「李白一斗詩百篇《りはくいっとしひゃっぺん》」とたたえて（？）います。あるとき、湖《みずうみ》に舟《ふね》を浮《う》かべて月《つき》を見《み》ながら酒《さけ》を飲《の》んでいた李白《りはく》は、水《みず》の面《おもて》に映《うつ》る月《つき》を杯《さかずき》に汲《く》もうとして、水《みず》に落《お》ちて死《し》んだという、いかにも李白《りはく》らしい伝説《でんせつ》があります。

8 山荘《さんそう》の夏《なつ》の日《ひ》

作者《さくしゃ》：高駢《こうべん》

1 次《つぎ》の漢詩《かんし》を、声《こえ》に出《だ》して読《よ》んでみましょう。

山亭《さんてい》の夏日《かじつ》　高駢《こうべん》

緑樹《りょくじゅ》陰《かげ》濃《こま》やかにして　夏日《かじつ》長《なが》し
楼台《ろうだい》影《かげ》を倒《さかしま》にして　池塘《ちとう》に入《い》る
水精《すいしょう》の簾《れん》動《うご》いて　微風《びふう》起《お》こり
満架《まんか》の薔薇《しょうび》　一院香《いちいんかんば》し

原文《げんぶん》　もとはこうなっています。

山亭夏日

緑樹陰濃夏日長
楼台倒影入池塘
水精簾動微風起
満架薔薇一院香

2 右《みぎ》の詩《し》をわかりやすく直《なお》すと次《つぎ》のようになります。

山荘《さんそう》の夏《なつ》の日《ひ》

緑《みどり》の木《き》々《ぎ》が濃《こ》い影《かげ》を落《お》として
夏《なつ》の日《ひ》は長《なが》く、
高殿《たかどの》は姿《すがた》をさかさまに
池《いけ》の面《おもて》に映《うつ》っている。
水晶《すいしょう》のすだれがさらさらと揺《ゆ》れて
かすかに風《かぜ》が吹《ふ》き、
棚《たな》いっぱいのばらの香《かお》りが
部屋《へや》中《じゅう》に甘《あま》くあふれた。

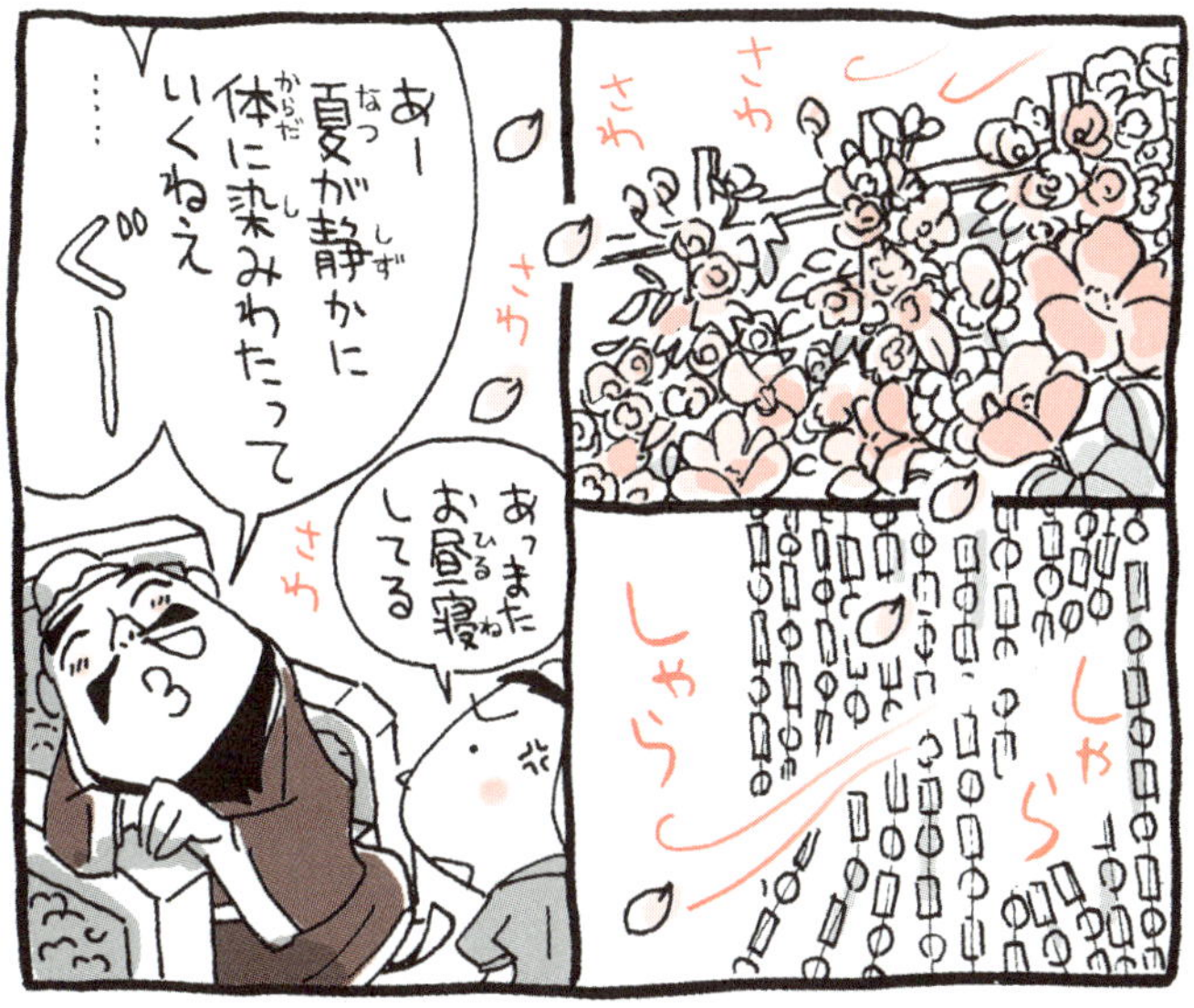

3 上《うえ》の漢詩《かんし》は、赤丸《あかまる》のついた字《じ》からスタートして、送《おく》りがなや返《かえ》り点《てん》をたよりに矢印《やじるし》のとおりに読《よ》んでいくと、下《した》のように読《よ》むことができます。上《うえ》の漢詩《かんし》を矢印《やじるし》をたどりながら読《よ》んでみましょう。

山亭ノ夏日

緑樹陰濃ヤカニシテ夏日長シ
楼台倒ニシテレ影ヲ入ル二池塘ニ一
水精ノ簾動イテ微風起コリ
満架ノ薔薇一院香シ

山亭《さんてい》の夏日《かじつ》

緑樹《りょくじゅ》 陰《かげ》濃《こま》やかにして 夏日《かじつ》長《なが》し
楼台《ろうだい》 影《かげ》を倒《さかしま》にして 池塘《ちとう》に入《い》る
水精《すいしょう》の簾《れん》動《うご》いて 微風《びふう》起《お》こり
満架《まんか》の薔薇《しょうび》 一院《いちいん》香《かんば》し

4 この詩《し》に出《で》てくる主《おも》な漢字《かんじ》を、書《か》き順《じゅん》どおりに書《か》いてみましょう。

亭 テイ

樹 ジュ

濃 ノウ こま(やか)

影 エイ かげ

塘 トウ

簾 レン すだれ

微 ビ

満 マン み(ちる)

架 カ か(ける)

薔 ショウ

薇 ビ

5 なぞって書《か》いてみましょう。

山《さん》亭《てい》の夏《か》日《じつ》

緑《りょく》樹《じゅ》 陰《かげ》濃《こま》やかにして 夏《か》日《じつ》長《なが》し

楼《ろう》台《だい》 影《かげ》を倒《さかしま》にして 池《ち》塘《とう》に入《い》る

水《すい》精《しょう》の簾《れん》動《うご》いて 微《び》風《ふう》起《お》こり

満《まん》架《か》の薔《しょう》薇《び》 一《いち》院《いん》香《かんば》し

6 ことばの説明《せつめい》

山亭《さんてい》 山《やま》の別荘《べっそう》。山荘《さんそう》。

陰《かげ》・影《かげ》 この詩《し》には「かげ」と読《よ》む字《じ》が二《ふた》つ使《つか》われています。「陰《いん》」は地面《じめん》に黒《くろ》くおちる陰《かげ》で、ここでは樹木《じゅもく》のかげ、「影《えい》」は姿《すがた》、ここでは池《いけ》の水面《すいめん》に映《うつ》っている高殿《たかどの》の姿《すがた》です。

濃《こまやか》 輪郭《りんかく》がくっきりとして色《いろ》が濃《こ》い感《かん》じを表《あらわ》します。

夏日長《かじつながし》 夏《なつ》の一日《いちにち》が長《なが》いということですが、夏《なつ》の太陽《たいよう》の陽《ひ》ざしが強《つよ》いという雰囲気《ふんいき》も感《かん》じられる表現《ひょうげん》です。

楼台《ろうだい》 高殿《たかどの》。二《に》、三階建《さんかいだ》てくらいの高《たか》い建物《たてもの》のことを言《い》います。

池塘《ちとう》 「塘《とう》」は池《いけ》のまわりの堤《つつみ》のことを言《い》いますが、ここでは「池塘《ちとう》」で池《いけ》のことです。

水精簾《すいしょうのれん》 水晶《すいしょう》のすだれ。実際《じっさい》にはガラスで作《つく》られたものと考《かんが》えられていますが、「水晶《すいしょう》のすだれ」と聞《き》くといっそう美《うつく》しく涼《すず》やかな感《かん》じがします。

満架《まんか》 棚《たな》いっぱいの。

薔薇《しょうび》 ばらの花《はな》。

一院《いちいん》 部屋中《へやじゅう》に。部屋《へや》いっぱいに。「院《いん》」は中庭《なかにわ》のこともさすので「庭中《にわじゅう》に」と訳《やく》すこともできますが、作者《さくしゃ》は部屋《へや》の中《なか》にいると考《かんが》えられますから、「部屋中《へやじゅう》に」ととりたいと思《おも》います。

7 今度《こんど》は上《うえ》の文《ぶん》を見《み》ながら、
もとの漢詩《かんし》を、読《よ》む順《じゅん》になぞって書《か》いてみましょう。

山亭《さんてい》の夏日《かじつ》

緑樹《りょくじゅ》 陰濃《かげこま》やかにして 夏日長《かじつなが》し
楼台《ろうだい》 影《かげ》を 倒《さかしま》にして 池塘《ちとう》に入《い》る
水精《すいしょう》の簾《れん》動《うご》いて 微風《びふう》起《お》こり
満架《まんか》の薔薇《しょうび》 一院香《いちいんかんば》し

山亭ノ夏日
緑樹陰濃ヤカニシテ夏日長シ
楼台倒ニシテレ影ヲ入ル二池塘ニ一
水精ノ簾動イテ微風起コリ
満架ノ薔薇一院香シ

8 『山亭《さんてい》の夏日《かじつ》』は、どんな詩《し》なのでしょうか。

ここは王侯貴族《おうこうきぞく》だった作者《さくしゃ》の、山《やま》の別荘《べっそう》です。

時間《じかん》も空気《くうき》もとまってしまったような夏《なつ》の日《ひ》。樹々《きぎ》の陰《かげ》の濃《こ》さが、じりじりと照《て》りつける日《ひ》ざしの暑《あつ》さを、いっそう強《つよ》く感《かん》じさせます。池《いけ》のほとりに建《た》つ高殿《たかどの》の影《かげ》は、鏡《かがみ》のような水《みず》の面《おもて》にさかさまに映《うつ》ったまま、じっと動《うご》きません。

詩《し》は外《そと》の情景《じょうけい》から、一転《いってん》、作者《さくしゃ》のいる部屋《へや》の中《なか》に移《うつ》ります。

そっとかすかな風《かぜ》が吹《ふ》いて、水晶《すいしょう》のすだれがさらさらとゆれ、庭《にわ》の棚《たな》いっぱいに咲《さ》いているばらの花《はな》の甘《あま》い香《かお》りが、部屋《へや》の中《なか》に芳《かんば》しくあふれる…。水晶《すいしょう》のすだれのゆらぎが小《ちい》さな水音《みずおと》のように耳《みみ》に流《なが》れてくるような、美《うつく》しい詩《し》です。

高駢《こうべん》は唐《とう》の時代《じだい》の終《お》わりごろの人《ひと》です。代々《だいだい》権勢《けんせい》のあった武家《ぶけ》の出身《しゅっしん》で、将軍《しょうぐん》として出《しゅっ》世《せ》を重《かさ》ね、安南《あんなん》（ベトナム）を征圧《せいあつ》して手柄《てがら》を立《た》て、渤海郡《ぼっかいぐん》の王《おう》にまでなりました。渤海《ぼっかい》

郡《ぐん》は中国《ちゅうごく》の東北地方《とうほくちほう》にあった国《くに》です。弓《ゆみ》の達人《たつじん》で、あるとき、一本《いっぽん》の矢《や》で二羽《にわ》の雕《ちょう》（オオワシ）を射落《いお》として「落雕侍御《らくちょうじぎょ》」とたたえられたそうです。

9

山道《やまみち》

作者《さくしゃ》：杜《と》牧《ぼく》

1 次《つぎ》の漢詩《かんし》を、声《こえ》に出《だ》して読《よ》んでみましょう。

山行《さんこう》

杜《と》牧《ぼく》

遠《とお》く寒山《かんざん》に上《のぼ》れば　石径《せっけい》斜《なな》めなり
白雲生《はくうんしょう》ずる処《ところ》　人家《じんか》有《あ》り
車《くるま》を停《とど》めて坐《そぞ》ろに愛《あい》す　楓林《ふうりん》の晩《くれ》
霜葉《そうよう》は　二月《にがつ》の花《はな》よりも紅《くれない》なり

原文《げんぶん》

もとはこうなっています。

山行

遠上寒山石径斜
白雲生処有人家
停車坐愛楓林晩
霜葉紅於二月花

2 右《みぎ》の詩《し》をわかりやすく直《なお》すと次《つぎ》のようになります。

山道《やまみち》

晩秋《ばんしゅう》の山道《やまみち》を上《のぼ》ってゆくと
石《いし》ころの道《みち》がずっと斜《なな》めに続《つづ》いていて、
白《しろ》い雲《くも》がたなびくあたりに　人家《じんか》が見《み》えた。
車《くるま》をとめて　夕暮《ゆうぐ》れの楓《かえで》の林《はやし》を
ぼんやり眺《なが》めると、
紅葉《こうよう》が　春《はる》の花《はな》よりもずっと
まっ赤《か》に燃《も》えていた。

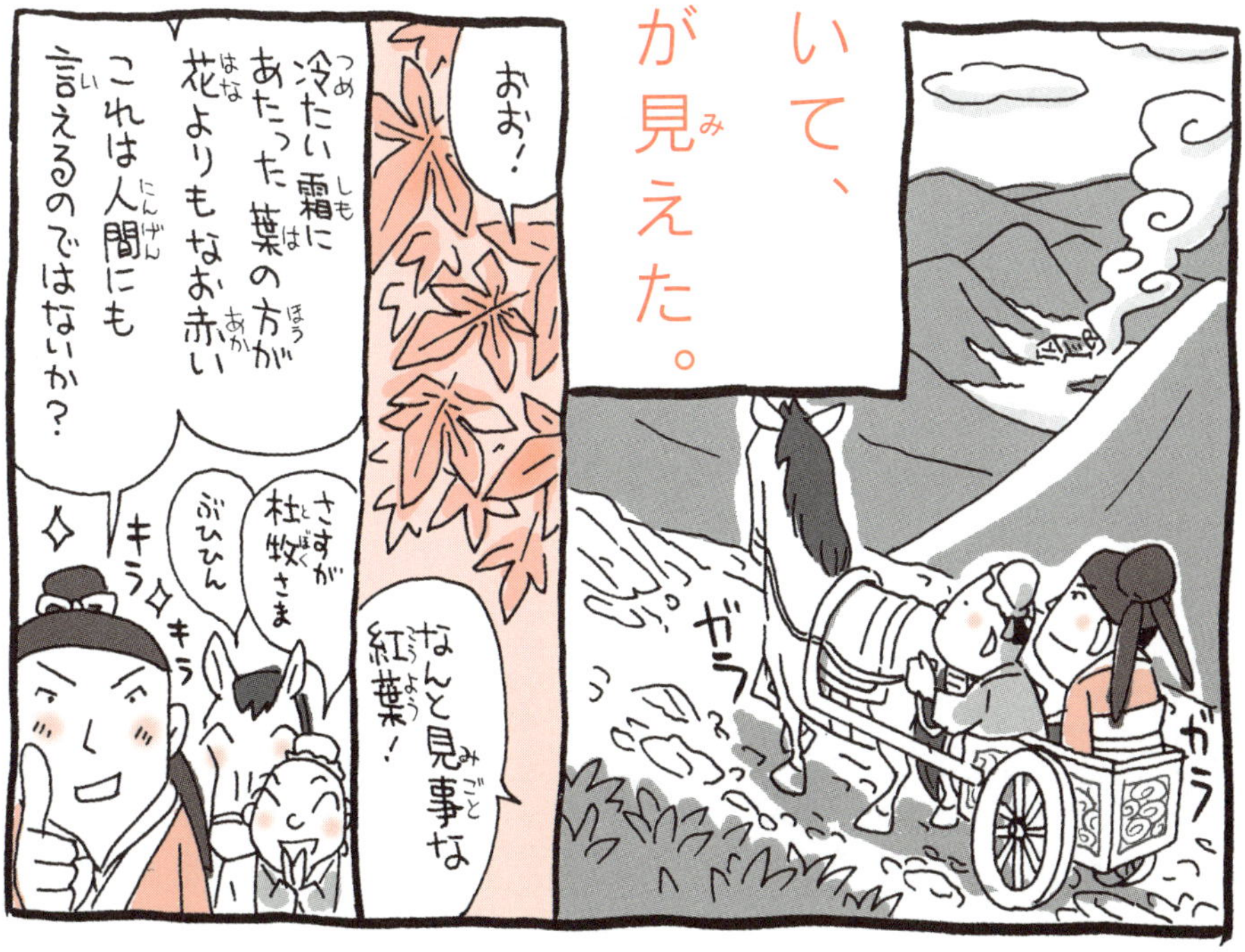

3 上《うえ》の漢詩《かんし》は、赤丸《あかまる》のついた字《じ》からスタートして、送《おく》りがなや返《かえ》り点《てん》をたよりに矢印《やじるし》のとおりに読《よ》んでいくと、下《した》のように読《よ》むことができます。上《うえ》の漢詩《かんし》を矢印《やじるし》をたどりながら読《よ》んでみましょう。

山行

遠上寒山石径斜

白雲生処有人家

停車坐愛楓林晩

霜葉紅於二月花

山《さん》行《こう》

遠《とお》く寒山《かんざん》に上《のぼ》れば　石径《せっけい》斜《なな》めなり

白雲《はくうん》生《しょう》ずる処《ところ》　人家《じんか》有《あ》り

車《くるま》を停《とど》めて坐《そぞ》ろに愛《あい》す　楓林《ふうりん》の晩《くれ》

霜葉《そうよう》は　二月《にがつ》の花《はな》よりも紅《くれない》なり

4 この詩《し》に出《で》てくる主《おも》な漢字《かんじ》を、書《か》き順《じゅん》どおりに書《か》いてみましょう。

斜 シャ なな(め)

停 テイ とど(まる)

坐 ザ そぞ(ろに)

愛 アイ

楓 フウ かえで

晩 バン くれ

霜 ソウ しも

紅 コウ くれない

5 なぞって書《か》いてみましょう。

山《さん》行《こう》

遠《とお》く寒山《かんざん》に上《のぼ》れば　石径《せっけい》斜《なな》めなり

白雲生《はくうんしょう》ずる処《ところ》　人家《じんか》有《あ》り

車《くるま》を停《とど》めて坐《そぞ》ろに愛《あい》す　楓林《ふうりん》の晩《くれ》

霜葉《そうよう》は　二月《にがつ》の花《はな》より紅《くれない》なり

6 ことばの説明《せつめい》

山行《さんこう》 ピクニック程度《ていど》の山歩《やまある》きを言《い》いますが、作者《さくしゃ》は自分《じぶん》の足《あし》で歩《ある》いているのではないようです。

寒山《かんざん》 人里《ひとざと》はなれた、ひっそりとものさびしい山《やま》のことを言《い》います。

石径《せっけい》 石《いし》の多《おお》い小道《こみち》。「径《けい》」は小道《こみち》のことです。

車《くるま》 文字《もじ》どおり馬車《ばしゃ》のような車《くるま》のこととも、人《ひと》がかつぐ輿《こし》や山《やま》かごのこととも言《い》われますが、よくわかりません。いずれにせよ、作者《さくしゃ》は乗《の》り物《もの》に乗《の》ってきたことがわかります。

坐《そぞろに》 何《なん》ということもなく心《こころ》ひかれて、という感《かん》じを表《あらわ》します。

楓林《ふうりん》 かえでの林《はやし》。

晩《くれ》 夕暮《ゆうぐ》れ。暗《くら》くなってしまった「晩《くれ》」（＝夜《よる》）のことではありません。

霜葉《そうよう》 紅葉《こうよう》。もみじ。昔《むかし》は、晩秋《ばんしゅう》におりる霜《しも》のために葉《は》が色《いろ》づくと考《かんが》えられていました。

二月花《にがつのはな》 二月《にがつ》は陰暦《いんれき》の二月《にがつ》で、春《はる》のさかりのころをいいますから、花《はな》はやはり桃《もも》の花《はな》あたりのことを言《い》っています。

於 読《よ》まない字《じ》で、「二月《にがつ》の花《はな》よりも」の、比較《ひかく》の「よりも」のはたらきをしています。

7 今度《こんど》は上《うえ》の文《ぶん》を見《み》ながら、もとの漢詩《かんし》を、読《よ》む順《じゅん》になぞって書《か》いてみましょう。

山《さん》行《こう》

遠《とお》く寒山《かんざん》に上《のぼ》れば　石径斜《せっけいなな》めなり

白雲生《はくうんしょう》ずる処《ところ》　人家有《じんかあ》り

車《くるま》を停《とど》めて坐《そぞ》ろに愛《あい》す　楓林《ふうりん》の晩《くれ》

霜葉《そうよう》は　二月《にがつ》の花《はな》よりも　紅《くれない》なり

山行

遠ク上レバ二寒山ニ一石径斜メナリ

白雲生ズル処有リ二人家一

停メテレ車ヲ坐ロニ愛ス楓林ノ晩

霜葉ハ紅ナリ二於二月ノ花一ヨリモ

8『山行《さんこう》』は、どんな詩《し》なのでしょうか。

晩秋《ばんしゅう》のある一日《いちにち》、杜牧《とぼく》は人里《ひとざと》はなれた山《やま》に出《で》かけました。石《いし》ころの多《おお》い山道《やまみち》をのぼってゆくと、白《しろ》い雲《くも》のかかるあたりに人家《じんか》がぽつんと見《み》えます。昔《むかし》は、雲《くも》は山《やま》の谷《たに》あいのほら穴《あな》からわき出《で》ると思《おも》われていました。それで「白雲《はくうん》生《しょう》ずる処《ところ》」なんですね。

後半《こうはん》で、情景《じょうけい》は遠《とお》くから近《ちか》くに移《うつ》り、時間《じかん》も流《なが》れて、夕日《ゆうひ》のさしこむ楓《かえで》の林《はやし》の中《なか》にいる作者《さくしゃ》は、乗《の》り物《もの》を降《お》りて紅葉《こうよう》に見《み》とれています。色《いろ》づいた楓《かえで》はまっ赤《か》な夕日《ゆうひ》に照《て》り映《は》えて、春《はる》の盛《さか》りの二月《にがつ》の花《はな》よりもずっと赤《あか》い。二月《にがつ》の花《はな》は桃《もも》です。紅葉《こうよう》のほうが桃《もも》の花《はな》より赤《あか》さが濃《こ》いのは当然《とうぜん》でしょうが、この第四句《だいよんく》はたいへん有名《ゆうめい》な句《く》になっています。

杜牧《とぼく》はなかなかのプレイボーイだったようで、「霜葉《そうよう》は二月《にがつ》の花《はな》よりも紅《くれない》なり」にはこんな話《はなし》があります。杜牧《とぼく》は若《わか》いころ、まだ幼《おさな》い少女《しょうじょ》を見《み》初《そ》めて結婚《けっこん》しようと約束《やくそく》したのですが、出世《しゅっせ》して十数年後《じゅうすうねんご》再会《さいかい》したときに、彼女《かのじょ》はもう結婚《けっこん》していました。大人《おとな》になったその容色《ようしょく》（霜葉《そうよう》）は、少女《しょうじょ》のころ（二月花《にがつのはな》）よりもいっそう美《うつく》しかった…と。こじつけっぽいですね。

10 涼州《りょうしゅう》のうた

作者《さくしゃ》：王《おう》翰《かん》

1 次《つぎ》の漢詩《かんし》を、声《こえ》に出《だ》して読《よ》んでみましょう。

涼州詞《りょうしゅうし》

王《おう》翰《かん》

葡萄《ぶどう》の美酒《びしゅ》　夜光《やこう》の杯《はい》
飲《の》まんと欲《ほっ》すれば　琵琶《びわ》馬上《ばじょう》に催《うなが》す
酔《よ》うて沙場《さじょう》に臥《ふ》す　君笑《きみわら》うこと莫《な》かれ
古来征戦《こらいせいせん》　幾人《いくにん》か回《かえ》る

原文《げんぶん》 もとはこうなっています。

涼州詞
葡萄美酒夜光杯
欲飲琵琶馬上催
酔臥沙場君莫笑
古来征戦幾人回

2 右《みぎ》の詩《し》をわかりやすく直《なお》すと次《つぎ》のようになります。

涼《りょう》州《しゅう》のうた

葡萄《ぶどう》の美酒《びしゅ》を　かがやくガラスの杯《さかずき》に満《み》たし、
飲《の》もうとすると　馬上《ばじょう》の琵琶《びわ》の音《ね》がさあと促《うなが》す。
酔《よ》って砂漠《さばく》に寝《ね》ころんだ僕《ぼく》を　笑《わら》わないでくれ。
昔《むかし》から　戦争《せんそう》に行《い》った兵士《へいし》の何人《なんにん》が無事《ぶじ》に帰《かえ》っただろう。

3 上《うえ》の漢詩《かんし》は、赤丸《あかまる》のついた字《じ》からスタートして、送《おく》りがなや返《かえ》り点《てん》をたよりに矢印《やじるし》のとおりに読《よ》んでいくと、下《した》のように読《よ》むことができます。上《うえ》の漢詩《かんし》を矢印《やじるし》をたどりながら読《よ》んでみましょう。

涼州詞

葡萄ノ美酒夜光ノ杯

欲レスレバ飲マント琵琶馬上ニ催ス

酔ウテ臥二ス沙場ニ一君莫レカレ笑ウコト

古来征戦幾人カ回ル

涼《りょう》州《しゅう》詞《し》

葡萄《ぶどう》の美酒《びしゅ》　夜光《やこう》の杯《はい》

飲《の》まんと欲《ほっ》すれば　琵琶《びわ》馬上《ばじょう》に催《うなが》す

酔《よ》うて沙場《さじょう》に臥《ふ》す　君笑《きみわら》うこと莫《な》かれ

古来征戦《こらいせいせん》　幾人《いくにん》か回《かえ》る

4 この詩《し》に出《で》てくる主《おも》な漢字《かんじ》を、書《か》き順《じゅん》どおりに書《か》いてみましょう。

- 涼 リョウ すず(しい)
- 詞 シ
- 葡 ブ
- 萄 ドウ
- 杯 ハイ さかずき
- 琵 ビ
- 琶 ハ
- 催 サイ うなが(す)
- 酔 スイ よ(う)
- 沙 サ
- 臥 ガ ふ(す)
- 笑 ショウ わら(う)

莫 バク な(かれ)

征 セイ ゆ(く)

戦 セン たたか(う)

幾 キ いく

うっとり

「春《はる》の夜《よる》」蘇軾《そしょく》

汴京《べんけい》は宋《そう》の時代《じだい》の華《はな》やかな都《みやこ》。勤《つと》めていた宮中《きゅうちゅう》で作《つく》りました。

おっほん

「山荘《さんそう》の夏《なつ》の日《ひ》」高駢《こうべん》

高駢《こうべん》は王様《おうさま》としてこの地域《ちいき》を治《おさ》めていました。

今日《きょう》も飲《の》むぜ！

「山道《やまみち》」杜牧《とぼく》

若《わか》い頃《ころ》は揚州《ようしゅう》で書記《しょき》をしていましたが、毎晩《まいばん》のように遊《あそ》びに出《で》かけたと言《い》います。

こんにちはー

「胡隠君《こいんくん》を尋《たず》ねて」高啓《こうけい》

運河《うんが》や湖水《こすい》が多《おお》く、おだやかな気候《きこう》。作者《さくしゃ》はここで生《う》まれ、ここの光景《こうけい》をうたいました。

ぐー

「春《はる》の朝《あさ》」孟浩然《もうこうねん》

作者《さくしゃ》は襄陽《じょうよう》で生《う》まれ、各地《かくち》を放浪《ほうろう》してまわりました。作《つく》った場所《ばしょ》はわかりませんが、きっとあたたかいベッドの中《なか》でひらめいたのでしょうね。

自然《しぜん》はいいなあ

「柴《しば》の柵《さく》」王維《おうい》

長安《ちょうあん》で高《たか》い地位《ちい》についていた作者《さくしゃ》は、ここに広《ひろ》い別荘《べっそう》を持《も》っていました。

ぐっすん

「涼州《りょうしゅう》のうた」王翰《おうかん》

広《ひろ》い砂漠《さばく》がひかえ、高《たか》い山《やま》がそびえ立《た》つ辺境《へんきょう》の地《ち》。雨《あめ》も少《すく》なく冬《ふゆ》は寒《さむ》くたいへんにきびしい気候《きこう》です。

お酒《さけ》くださーい

「朝早《あさはや》く白帝城《はくていじょう》を発《た》って」李白《りはく》

流刑《るけい》になる途中《とちゅう》、白帝城《はくていじょう》でお許《ゆる》しが出《で》て江陵《こうりょう》まで一気《いっき》に戻《もど》る時《とき》の詩《し》です。

帰《かえ》りたいの

「絶句《ぜっく》」杜甫《とほ》

杜甫《とほ》の生《う》まれは襄陽《じょうよう》。
成都《せいと》で書《か》かれた詩《し》で
都《みやこ》の長安《ちょうあん》を故郷《こきょう》と言《い》っているようです。
近《ちか》くに錦江《きんこう》という川《かわ》が流《なが》れています。

寒《さむ》い…

「川《かわ》の雪《ゆき》」柳宗元《りゅうそうげん》

長安《ちょうあん》での政治的争《せいじてきあらそ》いに負《ま》けこの土地《とち》に追放《ついほう》されました。

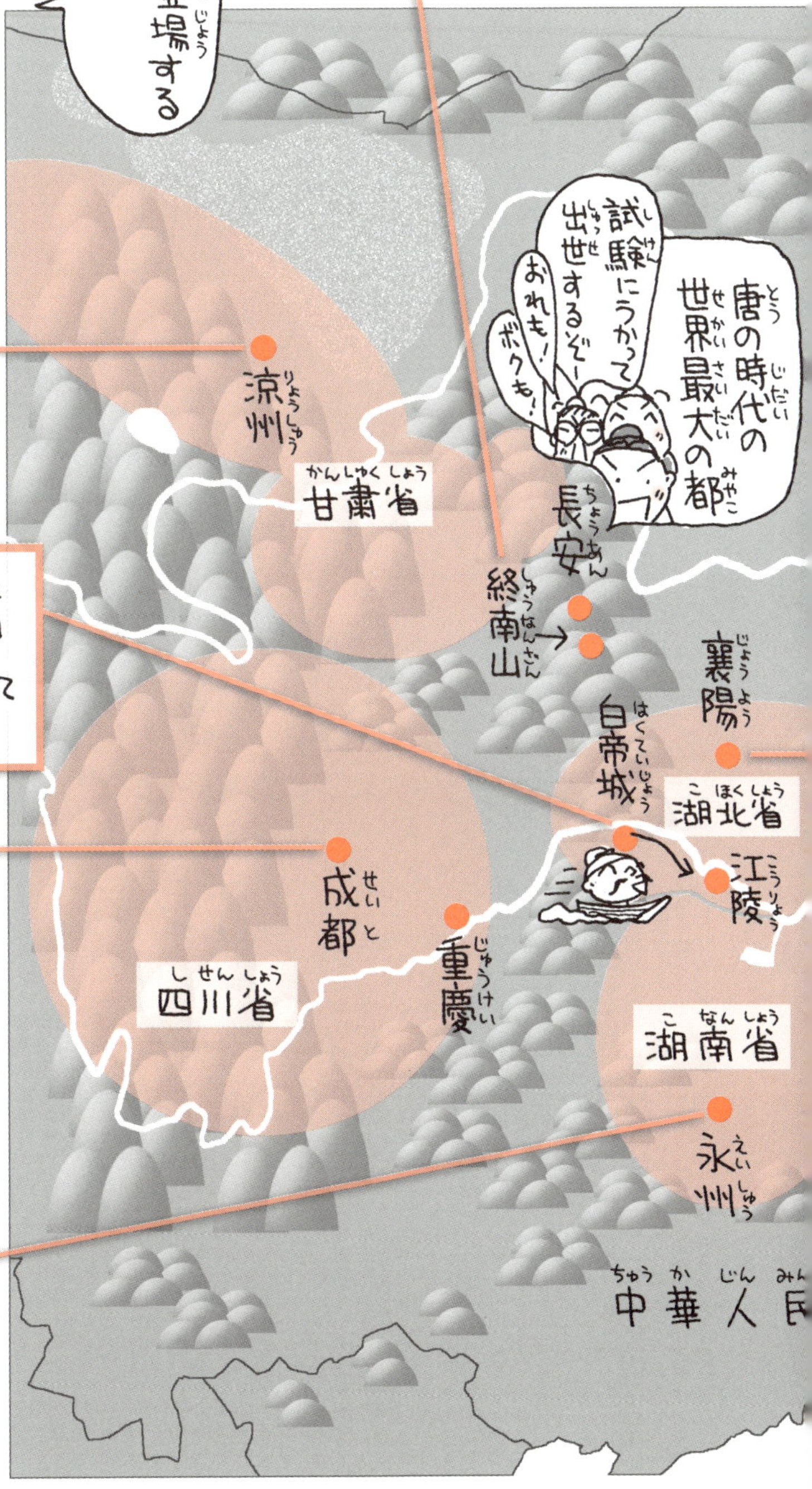

5 なぞって書《か》いてみましょう。

涼州詞《りょうしゅうし》

葡萄《ぶどう》の美酒《びしゅ》　夜光《やこう》の杯《はい》
飲《の》まんと欲《ほっ》すれば　琵琶《びわ》馬上《ばじょう》に催《うなが》す
酔《よ》うて沙場《さじょう》に臥《ふ》す　君笑《きみわら》うこと莫《な》かれ
古来征戦《こらいせいせん》　幾人《いくにん》か回《かえ》る

6 ことばの説明《せつめい》

涼州《りょうしゅう》(詞《し》) 涼州《りょうしゅう》は中国《ちゅうごく》の西北《せいほく》のほうにあった町《まち》で、唐《とう》の時代《じだい》には異民族《いみんぞく》の侵入《しんにゅう》にそなえるための役所《やくしょ》がありました。ただ、「涼州詞《りょうしゅうし》」は涼州《りょうしゅう》のことを歌《うた》った詩《し》というわけではなく、古《ふる》くからあった楽曲《がっきょく》の名《な》で、そのメロディーに合《あ》わせて詩人《しじん》たちがいろいろな詞《し》をつけました。

葡萄美酒《ぶどうのびしゅ》 西域地方《さいいきちほう》の、ぶどうで作《つく》られた赤《あか》ワイン。

夜光杯《やこうのはい》 ガラス製《せい》の杯《はい》。白玉製《はくぎょくせい》とも言《い》われています。月《つき》の光《ひかり》にかざすとキラキラ光《ひか》ったのでしょう。

琵琶《びわ》 西域《さいいき》から伝《つた》えられた弦楽器《げんがっき》です。

欲《ほっす》 「いまにも~しようとする」という意味《いみ》で使《つか》われています。

沙場《さじょう》 「沙《さ》」は「砂《さ》」と同《おな》じで、「沙場《さじょう》」は砂漠《さばく》のことです。

君《きみ》 特定《とくてい》の誰《だれ》かをさすのではなく、読者《どくしゃ》に向《む》かって呼《よ》びかけています。

莫レ笑《わらうことなかれ》 笑《わら》ってくれるな。笑《わら》わないでくれたまえ。「莫《な》かれ」は禁止《きんし》の表現《ひょうげん》です。

古来《こらい》 昔《むかし》から。

征戦《せいせん》 遠《とお》くはなれた土地《とち》に戦争《せんそう》に行《い》くことを言《い》います。

幾人回《いくにんかかえる》 何人《なんにん》が生《い》きて帰《かえ》ってきただろうか。生《い》きて帰《かえ》った者《もの》はほとんどいないではないか、ということを言《い》いたい表現《ひょうげん》です。

7 今度《こんど》は上《うえ》の文《ぶん》を見《み》ながら、もとの漢詩《かんし》を、読《よ》む順《じゅん》になぞって書《か》いてみましょう。

涼《りょう》州《しゅう》詞《し》

葡萄《ぶどう》の美酒《びしゅ》　夜光《やこう》の杯《はい》
飲《の》まんと欲《ほっ》すれば　琵琶《びわ》馬上《ばじょう》に催《うなが》す
酔《よ》うて沙場《さじょう》に臥《ふ》す　君《きみ》笑《わら》うこと莫《な》かれ
古来《こらい》征戦《せいせん》　幾人《いくにん》か回《かえ》る

涼州詞
葡萄ノ美酒夜光ノ杯
欲スレバレ飲マント琵琶馬上ニ催ス
酔ウテ臥ス二沙場ニ一君莫カレレ笑ウコト
古来征戦幾人カ回ル

8 『涼州詞《りょうしゅうし》』は、どんな詩《し》なのでしょうか。

月《つき》の光《ひかり》にかざすときらきらと輝《かがや》くグラスにそそがれた赤《あか》いワイン、馬上《ばじょう》でひく琵琶《びわ》の音《ね》…エキゾチックな美《うつく》しい詩《し》です。

しかし、この詩《し》は美《うつく》しいだけの詩《し》ではありません。唐《とう》の時代《じだい》は周辺《しゅうへん》の異民族《いみんぞく》との戦争《せんそう》の絶《た》えない時代《じだい》でした。砂漠《さばく》の砂《すな》の上《うえ》に酔《よ》いつぶれる僕《ぼく》を、笑《わら》わないでくれ。昔《むかし》から戦争《せんそう》に行《い》った兵士《へいし》の何《なん》人《にん》が無事《ぶじ》に帰《かえ》っただろう…、明日《あす》の命《いのち》も知《し》れないのだから…。

作者《さくしゃ》がイコールこの詩《し》の中《なか》の兵士《へいし》ではありません。遠《とお》い西域《さいいき》の戦場《せんじょう》につれて行《い》かれた兵士《へいし》の悲痛《ひつう》な思《おも》いというテーマを、この詩《し》は歌《うた》っているのです。王翰《おうかん》は唐《とう》の初《はじ》めごろの人《ひと》で、数《かず》ある「涼州詞《りょうしゅうし》」の中《なか》でもこの詩《し》は最《もっと》も広《ひろ》く親《した》しまれています。

もう一《ひと》つ、たいへんよく知《し》られた、王之渙《おうしかん》という詩人《しじん》の「涼州詞《りょうしゅうし》」があります。「黄河遠《こうがとお》く上《のぼ》る白雲《はくうん》の間《かん》／一片《いっぺん》の孤城《こじょう》万仞《ばんじん》の山《やま》」とはじまる七言絶句《しちごんぜっく》です。黄河《こうが》をはるかさかのぼって行《ゆ》くと、そこは白雲《はくうん》の中《なか》、高《たか》い山々《やまやま》が連《つら》なってそびえ、ぽつんと一《ひと》つ砦《とりで》が見《み》える。スケールの大《おお》きいみごとな表現《ひょうげん》で、王翰《おうかん》の「涼州詞《りゅうしゅうし》」とはまた違《ちが》った味《あじ》があります。

著者紹介

三羽邦美（みわ・くにみ）

大学受験予備校東進ハイスクールの超人気講師であり、著書は学習参考書ジャンルで常にベストセラーの上位を独占している。

著書：『漢文ヤマのヤマ』
『古文ヤマのヤマ』
『基礎からのジャンプアップノート漢文句法・演習ドリル』（以上学研）
『三羽邦美の漢文教室改訂版』（旺文社）
『センター漢文8本のモノサシ』
『センター古文8本のモノサシ』（以上ブックマン社）
『一目でわかる漢文ハンドブック』
『一目でわかる古文ハンドブック』（以上東進ブックス）他多数。

国語力UPシリーズ❶ 小学生からの漢詩教室
2009年2月5日　初版第1刷発行
2017年7月28日　初版第4刷発行

著者　三羽邦美

装丁・本文デザイン　山内たつゑ

イラスト　福井若恵

校正　田中光恵

発行者　瀬谷直子

発行所　**瀬谷出版株式会社**
〒102-0083
東京都千代田区麹町5-4
電話 03-5211-5775
FAX 03-5211-5322
ホームページ http://www.seya-shuppan.jp

印刷所　株式会社フォレスト